人生を豊かにする
39のセオリー

しあわせ白書

高見純代
Takami Sumiyo

幻冬舎 MC

しあわせ白書

人生を豊かにする39のセオリー

プロローグ

「あなたは、今、幸せですか？」

こう聞いたなら、「はい。幸せです！」と、即答できる人は、多くはないのではないでしょうか？　誰もが皆、様々な悩みを抱えながら、幸せになろうと、一生懸命に生きている。それが、人生だと思います。

今、世界は、新型コロナウイルス感染症により、命の危険にさらされ、経済的にも先の見えない不安に包まれてしまっています。

日本も、緊急事態宣言が発令され、人々はステイホームし、何もかもが自粛で、子供達は学校へ行けず、皆が自由を奪われています。

ですが、誰にも等しく、**心の自由**はあるはずです。第二次世界大戦以来の重大な危機と言われる今こそ、私達は**命**の重みを抱きしめ、人と人とのつながり、つまり**愛の輪**を求め、**幸せに生きたい！**と切望しているのではないでしょうか？

昨今、引き寄せの法則などが流行り、人によっては、高額なセミナーに通ったりされているようですが、今すぐ幸せにならないで、いいのでしょうか？

人は毎日、一歩一歩、死に向かっています。自分の死がいつなのか、誰も知りません。今日を幸せに生きなければ、人生は後悔ばかりです。

私は、生来の病弱で、重度の喘息持ちで、いわゆる基礎疾患のある身です。昨年も、喘息の発作で、六月、十一月と二回、入院治療を受けました。新型コロナウイルス感染症にかかったなら、死ぬかもしれません。ですが、幸運な事に、今、まだ生かされています。私は、喘息のほかに、うつ病も患っており、四十代前半までは、乳ガン、子宮ガンの闘病もしました。五十三歳の今日まで、いいえ、今も、死を常に身近に感じながら生きています。

こんな私ですが、初対面の人から、決まって「お元気ですね！」「健康そうですね！」と、言われます。私をよく知る友人達からも「二度もガンをしたように全然見えない！」と、言われます。

なぜ、私は、そう見えるのでしょうか？

それは、私が今、**本当に幸せ**だからです。

私は、病気だけでなく、お金に苦労し、仕事に悩み、結婚問題に悩み、人間関係で悩み、それはそれは沢山の事を悩み、苦しんで生きてきました。ガンのさなかでは、絶望し、自殺未遂もしました。ですが、死の淵を覗いてきた、そんな私だからこそ、今、**本当に幸せ**でいっぱいなのです。

人は、寒い冬を耐えて、春の歓びを知り、暑い夏を耐えて、涼しい秋の心地良さを感じます。人生も、それと同じです。

極寒と酷暑を生きぬいてきた私は、今、春にひなたぼっこし、秋風にそよがれています。毎日が、本当に愛おしく、幸せです。

私のガン闘病は、とんでもなく常識はずれで、普通なら助からなかったかもしれません。実際、主治医の先生に「強運ですね！」と、言われ、危機一髪のところで助かりました。自分でも、強運だと思っています。これには、目に見えない大きな力のおかげがあったと、深く感謝しています。どん底に落ちた時こそ、本当に**不思議なご縁**に恵まれ、**奇跡**の連鎖が起きるのだと、実感しています。

そこで、おこがましいですが、私の体験や、考え方を、皆さんに、あますことなく知って頂いたなら、一人でも多くの人に、**今すぐ幸せになって頂ける**のではないか。そうだとしたら、それはまた、私にとって、この上なく幸せな事だなぁと夢想し、ペンを執る事にしました。

どんな人にも、不幸な事や、災難や、病苦の時があります。でも、そこを通り過ぎてみたら、人生は生きているだけで幸せだと思えるものです。

毎朝、太陽が昇り、美味しい空気を吸えて、木々や花々を見、小鳥達のさえずりを聞けば、この世界の美しさに感動できます。

今、苦しい人も、どうか**諦めないで**下さい。その苦しみの中に、**幸せの芽**がある事を信じて下さい。

かけがえのないあなたに、今すぐ幸せになって頂ける事を願い、祈りつつ、私にわかった幸せについての39《サンキュー》のセオリーを書かせて頂きます。

目次

CHAPTER 2

道に生きる。命輝いて

CHAPTER 3

今を切に生きる。愛に溢れて

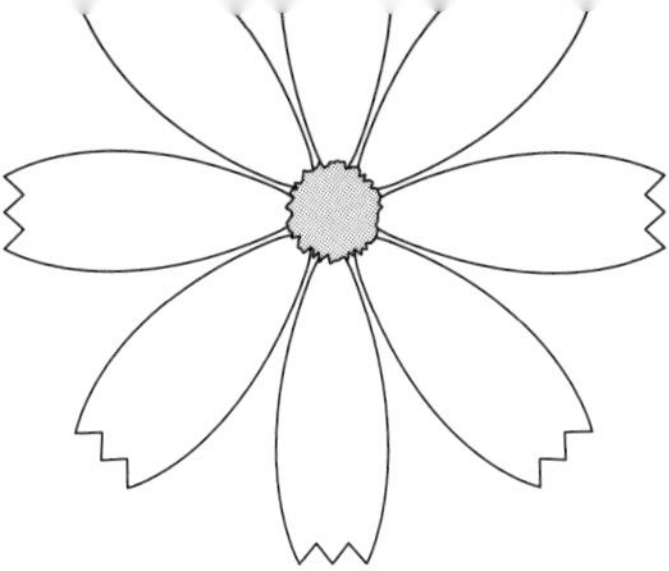

CHAPTER 1

ガンになって良かった！

まず、はじめに、病弱だった子供時代を振り返り、成人して無我夢中に生きた私が、ガンになり、苦しんだ果てに、真の幸せに気付くまでを、書かせて頂きたいと思います。

1

見えない力を感じる。一人でも、独りぼっちじゃない

私は、幼い頃から喘息でした。少し外で遊ぶと、喉がヒューヒューと鳴り、ちょっと無理をすると、酷く咳き込み発作を起こし、その度に病院へ連れて行ってもらいました。そんな私は、部屋で一人遊びをするのが好きな子供でした。お絵描き、折紙、積み木など。

ところが、小学校へあがると、ある日、先生が言いました。

「どうして、お外で遊ばないの？　みんなお外で遊んでるわよ」と言い、窓の外

を指さしました。私は驚いて先生の顔を見、それから気が付きました。教室の中はガランとしており、私一人が座っている事に。先生の指さす窓の外では、みんながワーワーと、駆けっこや、縄跳びをして遊んでいる事に。私は、ボーッとしていながらも、色んな事を空想して楽しんでいるのに、なぜ、注意されたのか! いつも大人しく、勉強のできる生徒だと自分でも思っていた私は、先生に叱られたと感じ、酷くショックを受けました。それからは、逃げるように、図書室へ行くようになりました。そこで、ヘレン・ケラーや、ワシントンなどの、偉人伝を読みふけり、やっぱり一人がいいと思いました。

八歳の秋に、風邪をこじらせ、肺炎になってしまい、長い入院生活を送りました。ひと月間、意識を失い、生死をさまよいました。意識が戻った時、すぐ感じたのは、左耳の頭の奥までえぐられるような、ギュンとした痛みでした。高熱で鼓膜が破れ、中耳炎になり、血膿がしたたり落ちていました。もちろん、音も聞こえません。体はやせ細り、立ってはみたものの、一歩も歩けず、よろめいて倒れました。

周りの大人から、「死ぬところだったのが、助かった」と聞かされ、（死ぬって、どういうこと？）と、理解ができず、毎日ぼんやり、その事ばかり考えるようになりました。意識のなかった期間の事を思い、それがずーっと続くのが死なのか？と思うと、自分という存在がいなくなる事に、言いようのない恐怖を覚えました。

そして、それが助かった！という事が、どういう事なのかを考えました。両親やお医者さんのおかげ。それから、神様という、聞かされてなんとなく知っているけれど、目には見えないその神様のお力、そのおかげだ！と、幼心に、理屈ではなく、なぜか強くそう感じました。

まだ、感謝という言葉も知らない頃でしたが、私は、見えない力の大きくて、あたたかな優しさを、小さな胸の内で抱きしめました。

2 祈ること

退院したあと、体力が衰えた私は、それまで以上に虚弱体質になっていました。家から学校までは、そう遠くはないのですが、その道のりが辛く、教室に着いても、しばらく、ゼーゼーと、肩で息をしていました。片耳が聞こえないので、席は一番前にしてもらっていました。

しょっちゅう喘息の発作を起こし、その度に入院し、学校は休んでばかりでした。喘息の発作は、本当に苦しいものです。当時、まだ特効薬がなく、減感作療法の注射を受けに、毎週、通院しました。

私は、毎日が辛くてたまらず、命を救って下さった神様なら、なんとかして下さるはずだ！と思い、誰に教わったわけでもないのに、毎晩、眠る前、布団の上に正座をし、手を合わせ、（神様。明日は元気に過ごさせて下さい。お願いします）と、長いこと祈ってから、布団の中へ入りました。

中学へあがって、生理が始まり、喘息の発作は減ってきましたが、どうしてなのか、両足の裏全体の皮がひび割れ、剥けて、血が滲み、痛くて歩けなくなりました。あちこちの大病院の皮膚科へ行きましたが、珍しいので症例にしたいと写真を撮られたりしましたが、どこの先生も治してくれませんでした。仕方なく、処方されたテープを、足裏にピッタリ貼って、痛みをこらえ、通学しました。地獄には、針の山があると聞きましたが、私は本当に、毎日、針の山を歩き、痛みに耐えて暮らしました。

入学したての時はトップだった成績も、周りの子達のように塾へ行く事もなく、みるみる下がり、通学も苦痛だった私は、高校へ行きたくなくて、受験勉強なんて全くしませんでした。兄と同じに、公立の進学校へ進むものと思い込んでいた両親は、困り果てていました。

そんな時、担任の先生が、思いもしなかった提案をされました。伝統ある私学の女子高へ、ここなら推薦状だけで受かると言われたのです。私は、こんなに成績が悪くても、行ける高校があるのかと、心底驚きました。両親がホッとしたのは、言うまでもありません。

そこは、仏教系の学校でした。毎朝朝礼があり、合掌して仏様に祈る生活が始まりました。私は、神様だけでなく、仏様にも祈るようになり、心が安らいでいきました。

3 ご縁を頂く

高校の入学式で、校長先生がされたお話を、私は今でもハッキリと覚えています。

「皆さんは、この学校にご縁があって、入学されました。この学校に来たかった人もいれば、そうではなかったのに来てしまった人もいるでしょう。ですが、この世界には、ご縁というものがあり、それによって、皆さんは、こうして入学されました。どうぞ、みんな仲良く、助け合って下さい。

それから、この学校では、仏教を学んで頂きますが、お家がキリスト教などで、悩んでいる人がいるなら、どうぞ安心して下さい。宗教というものは、みな同じです。同じ山に登るのに、ちがう道で登る、それだけの事です。ですから、ここで仏様に祈っても、お家でキリスト様やマリア様に祈られても、全く同じ心なのです。お家の方にも、そうお話しして下さい。

ここは、仏教の学校ですが、私は、仏滅だとか、大安だとか、そういった事には全くこだわりません。お釈迦様は、そういったこだわりや偏見を持たないようにと教えられました。ですから、皆さんが、将来、結婚なさる時に、仏滅でも全くかまわないのです。仏滅なら、どこもすいていて、安くて大変結構な事かと思います。

ともかく、ご縁というものがあるという事を覚えておいて下さい。今はまだ、よくわからなくても、皆さんが立派に大人になられた時に、きっと、このご縁の意味がしっかりとわかられる事と思います。では」と、先生は数珠を持ち、合掌され、壇上から降りられました。

私は、自分がこの学校に来たかったのでも、来たくなかったのでもないけれど、「ご縁」というものがあり、それによって入学してきたのだと知り、その言葉に大変な意味がありそうだと、不思議な気持ちになり、（大人になったら、きっとわかるらしいから、しっかりと覚えておこう）と思ったのでした。

あれから三十八年生きてきて、この「ご縁」というものに、幾度助けられ、生きてこられた事かと、つくづく有り難さがわかり、これからも大切にして、生きていきたいと思っています。

4

ご先祖様は、いつもそばにいらっしゃる

相変わらず、足裏の痛みと喘息に悩まされていた私は、案の定、卒業の頃には、成績がビリで、大学へなど進学できそうにありませんでした。この学園には、女子短大と、女子大学があり、そこへ行きたくて高校から入学している生徒も多くいましたが、それには定員があり、皆が伝統あるそこへ進学できるわけではありませんでした。せっかくあるエスカレーターですが、皆が乗れるわけではなく、よその短大や専門学校へ行く生徒もいました。

私は、といえば、高校さえ入るつもりがなかったのに、「ご縁」とやらで来てしまって、体が辛いので、無理をせず専門学校へ行こうと思い、資料も取り寄せていました。ですが、父が、昭和ひと桁の生まれで、地主の家に育ち、旧制中学

から大学へ行くはずだったのが、戦後の農地改革のせいで、土地を守るために、農業を継がなければならなくなり、泣く泣く大学進学を諦めさせられた経験者で、自分の子は、絶対に大学へ行かせてやる！と決め込んでいるのでした。

そんな折、父方の祖父母が、相次いで亡くなりました。祖父のあとを追うように、祖母が亡くなったのは、五月五日でした。子供の日なのにと、悲しくて悲しくて、仕方がありませんでした。そして、ハッと（あぁ、おばあさんは、自分の事を忘れないでいてね）と、そういうメッセージを残して、この日に亡くなったのだなと思いました。祖父は、地元の大阪柏原《かしわら》で、学校の校長をし、その後、教育委員を歴任し、その功績から、勲六等瑞宝章を賜った教育者でした。

なぜだかわかりませんが、私は突然、奮起して、勉強をし始めました。すると、ラストスパートをかけたら、ギリギリセーフで、学園の女子大へ行ける成績になりました。私は、読書が好きなので、国文学科へ進むエスカレーターに乗りました。

これは、きっと、天国にいるおじいさん、おばあさんから、お力添えを頂いたおかげにちがいないと、私は思いました。だから、人は、亡くなっても、目に見えないだけで、いつもそばに居てくれているのだと感じ、私は毎日、ご先祖様にお礼を言うようになりました。

5 導かれて

大学へ進学しても、私の体の問題は相変わらずでした。みんな、急に大人になったみたいに、サークル活動や、合コンと、楽しそうでした。私は、体力がついていけないし、もう慣れっこなので、(自分は、みんなとはちがうのだから)と、別に、羨ましく思ったりしませんでした。

母から「いつも笑顔でいなさい。そうしていれば、きっと幸せになれる」と言われていた私は、足がどんなに痛くても、友達と微笑み合って、通学しました。喘息も、足の裏も、見えないので、誰にも知られないまま、私は一人、がまんしていました。

その母が、娘時代に華道を習っていたので、亡くなった祖母は、嫁の母に、毎年、お正月には松を、お盆には槙を、座敷の床に生けさせていました。お花を生ける母の姿には、いつも、凛とした、何か特別な空気が感じられ、私は（素敵だなぁ）と憧れていました。母は「たしなみだから、華道と茶道は、いつかは習いなさい」と言っていました。それで、私は、大学のクラブ活動を選ぶ時に、体力もいらなくていいと思い、華道と茶道のクラブへ入部しました。その華道が、嵯《さ》峨《が》御《ご》流《りゅう》でした。この「ご縁」が、ずっとのちに、ガン闘病をする私の心を支え、救ってくれる道になろうとは、この頃、思いもしない事でした。

また、高校と同じく、仏教の教えを受ける「宗教」の時間があり、祈りが習慣の私は、ごく自然に心惹かれ、熱心に講義を受けていました。そんなある時、

「宗教」担当の佐藤平先生から、誘って頂き、有志数人で、先生が懇意にされている、瀬戸内寂聴さんに会いに、京都嵯峨の寂庵へ、伺わせて頂く事になりました。

　爽やかな初夏の日でした。文学少女だった十八歳の私は、胸がドキドキと高鳴りながら、寂庵へ伺った事を、覚えています。お会いした寂聴さんは、お顔が輝いていらして、本当にお綺麗で、お優しく「皆さん、若いわねぇ。若いって、素晴らしい事ですよ。今を大事にして下さいね」と、仰いました。難しい話は何も仰らず、ただニコニコと笑っていらっしゃいました。私は、持って来た寂聴さんのご著書『寂庵説法』を出し、サインをお願いしました。寂聴さんは、机に硯と筆を用意され、その本の表紙を開き、見開きの右ページに、可愛らしいお地蔵様のお顔の絵を描かれ、左ページに、ご自分のサインと、私の名前を書いて下さいました。私は、それを受け取ると、うれしくて、大事に胸に抱きました。その時、まさか、自分も、同じように仏道に帰依し、作家になろうとは、思いもしませんでした。この本は、今も私の本棚に、宝物として、大切にしまってあります。
人生には、見えない糸のような、導きがあるのだと、思わずにはいられません。

6 運命を受け入れて

父は、若い頃は、農業を継いでいましたが、時代と共にすたったため、農業をやめ、町へ出て、工場を経営していました。高度経済成長期は羽振りも良かったのですが、バブル崩壊の兆候が見えだし、私が大学を卒業する頃、経営破綻に陥りました。多額の借金ができ、我が家は、これから先、どうやって食べていくのか、大変な状況になりました。

ちょうど、男女雇用機会均等法が制定されて間もない頃でした。母は、率直に、私にも、兄と同じように、働いて欲しいと言いました。私は、体の問題を抱えてはいるけれど、父のおかげで、ちゃんと大学も卒業できる。何とかして、家の力になりたいと、真剣に思いました。私は、痛い足を引きずり、就職活動に奔走しました。その無理がたたって、夏の終わりに、両足のくるぶしが、関節炎を起こし、腫れあがりました。それで、かかりつけの外科へ行くと、先生は、関節炎もさることながら、私の足裏の酷い炎症を見られ、驚かれました。

「何ですか⁉　これで、歩けますか？」

「痛くてたまりませんが、どこの皮膚科へ行っても治らず、もう十年、がまんして歩いています」

「……かわいそうに。私が治してあげます」と言われ、内服薬を処方して下さいました。すると、その薬を飲んだら、みるみるうちに炎症が治まっていき、綺麗な皮膚になり、治ってしまいました。私は、本当にびっくりし、この奇跡に感謝しました。これが、ステロイドで、副作用の多い薬だという事は、四年後に知ったのですが、この時期に、何であれ、足の問題が解決した事は、私を勇気づけ、就職活動を本格化させる事ができました。

私は、職種にこだわらず、給料の高い会社を探しました。そして、ソニーのショールームアテンダントの仕事を探し当てました。一般常識の筆記試験があり、面接があり、最後に英会話のテストがありました。面接までは、問題ありませんでした。しかし、英会話のテストで、私は度肝を抜かれました。頭にヘッドホンを着けさせられ、答案用紙が配られました。ヘッドホンから聞こえる問いに対し、答案用紙に英文で、答えを書くよう指示されました。テストが始まりました。ヘッドホンから、ネイティブな英語が聞こえ始めました。英語が苦手な私は、まして聞き取りなど全くできず、左耳は聞こえませんが、聞こえる方の右耳から入ってくる英語に、ただ狼狽しました。沢山の単語が通り過ぎていき、五分ほど経過しました。(これまでか……)と、泣きたい思いになった次の瞬間、(諦めるな!)と、心の声が聞こえました。私はヘッドホンをはずし、答案用紙に向かいました。自分が、ソニーをいかに愛し、どれほど貴社で働きたいか! 入社できた暁には、何としても全身全霊をもって貢献する覚悟を持っている事を！　熱い思いをぶつけ、日本語で書き続けました。時間があったので、裏面までビッシリと書き上げました。やるだけやった私は、ダメでも仕方がないと、全てを受け入れる気持ちで帰りました。

数日後、採用の知らせを受け取った時の歓びは、今思い出しても涙がでます。運命を受け入れ、猪突猛進した私に、天が微笑んでくれたのでした。

7 なぜか、いつもパイオニア

入社して、わかった事は、ここには、キャビンアテンダントをめざしていた、美人で、英会話ができる女性が多い事でした。実際、翌年に受け直し、夢を叶え退社し、キャビンアテンダントに転身していった同期生もいました。そんな中、私は、世間知らずで、化粧も慣れておらず、雰囲気が全くちがい、皆から浮いていました。彼氏がいないのも、私だけでした。

私は、ちがう世界に迷い込んだと自覚しましたが、お金のためと割りきり、仕事に励みました。皆、ブランド品を持ち、その話で盛りあがったりしていましたが、私は、我関せずと、気にしませんでした。サラリーマンの兄と同じように、給料は全部、家に入れていました。

三年目の一九九一年は、モーツァルトの没後二〇〇年でした。音楽が好きな私は、ひらめくものがあり、「ソニーのスピーカーで聴く、モーツァルト没後二〇〇年」という企画書を書き、提出しました。それまで、ショールームで行われる、製品紹介のイベントは、東京の本社が企画をし、それに基づき、私達アテンダントが、司会進行をしていました。私の企画は採用されました。アテンダントが企画するイベントは、初めての事でした。私は、主体的であると、仕事とは、こんなにもやりがいがあるものなのかと、うれしく思いました。イベントは成功裡に終わりました。しかし、この事から、皆の中に、私への抵抗感が生まれたようで、私は居心地の悪さを強く感じるようになりました。体力も限界でした。私は、退職を決めました。先の事は、何も決まっていませんでしたが、（もはや、これまで！）と、心の声が言うのに従いました。母は、私の退職を責めましたが、当事者である私の苦痛を、わかろうはずもありません。

辞めてすぐ、私は、長年苦しんできた左耳の慢性中耳炎を治したいと思い、手術を受けに、入院をしました。破れて無い鼓膜の代わりに、こめかみの筋膜が張られ、炎症で溶けて無くなった耳小骨の代わりに、セラミックが入れられました。この時、飲んでいる薬のチェックがあり、ステロイドを飲むのをやめるようにと、医師から言われました。また足裏が痛くなるのかと、不安でいっぱいになりましたが、幸いな事に、ステロイドをやめても、もう足裏の炎症は出ませんでした。手術は成功だと言われましたが、聴力は少しも戻りませんでした。

その後、ある放送会社で半年契約のアルバイトを終え、私はまた、再就職をめざしました。ある朝、新聞の求人欄で、産経新聞社の役員秘書募集を見つけ、私は（行きたい！）と強く思いました。でも、募集要項には、二十五歳迄と書かれてあるのに、私は二十六歳になっていました。新聞に穴があくほど見つめ続け、私は（やる！）と決めました。履歴書に、二十五歳と偽りを書き、生年月日は本当を書き、提出しました。面接までこぎつけました。その面接の最後の質問で、年齢詐称を指摘されました。私は、一歳くらいの事で、どうしても諦められないほど、貴社で働きたいと、自分の思いを切々と訴えました。私の熱意が伝わったのか、翌日、採用の知らせを受けました。私は、運に感謝し、襟を正し、産経新聞社に途中入社しました。しかし、これが、思わぬ苦労の始まりでした。ここでは、事務職の女性ほとんどが、アルバイトか派遣社員で、そこから認められた人が、やっと正社員になるといった形態でした。秘書もそうでした。そこへ、いきなり正社員採用され、しかも、事務職の女性皆が憧れていると聞かされた秘書に抜擢されたので、穏やかではありません。社内の女性達の冷たさが、事あるごとに、身に刺さりました。まさに、針のむしろでした。

そんな事に、気落ちする暇もなく、忙しい毎日が始まりました。入社して二年目の、平成七年一月十七日に、阪神・淡路大震災が起こりました。同じ年の三月二十日に、地下鉄サリン事件が起きました。都度都度に号外が出され、新聞社は、目が回るような忙しい毎日でした。

私の体は、悲鳴をあげ始めました。休日を待っているかのように、週末に喘息発作が起こり、救急病院で点滴を受ける有り様でした。そのうち、眠れなくなりました。心療内科を紹介され、行くと、うつ病だと診断されました。まだ世間で、うつ病の珍しい時代でしたので、奇異な目で見られ、二週間の休職をとるにも、肩身の狭い思いをしました。

現在では、うつ病はよくある現代病と認識され、大手の会社だと、一年でも休職できるようですが、できれば、自分も含め、こんな病気が無くなる日がくる事を、祈らずにはいられません。

8 転機の中で。救いを求めて

二十八歳で、うつ病になった私ですが、秘書職の給料も良く、二十九歳になった時には、兄と一緒に頑張った甲斐あって、家の借金を返済できました。その頃から、父が結婚の事を口にするようになりました。父に言われずとも、周りの友人達を見れば、女性として、結婚に出遅れている事は、わかりきっていました。でも、ようやく、兄の収入だけで、家計が回るようになり、給料を自由に使えるようになったばかりの私は、仕事を続けたいと思いました。そして、男性と全く交際した事のない自分が、一体どうやって結婚するのか?と、本気で悩み始めました。

そんな時、友人を介して、一人の男性と出会いました。一つ年上で、大学の研究室で助手をしている人でした。背も高く、優しい人で、私は結婚を意識して交際しました。しかし、彼の考えを聞くうちに、大きな不安を感じました。彼は、結婚しても、私に仕事を続けて欲しいと考えているようでした。私は、仕事にやりがいを感じてはいましたが、喘息持ちで、普通よりも体力が大きく劣っている事から、仕事と家事を両立していく自信が、全く持てませんでした。そんな無理をしたら、きっと死んでしまうだろうと思われました。そして、死んでもいいほどに、彼を愛してはいない自分を自覚しました。手をふれる事もないまま、三十歳を前に、私は彼に別れを告げました。結婚するには、恐らく、ラストチャンスだと思い、先の不安を感じましたが、彼の貴重な時間を、これ以上もらっては申し訳ないと思いました。しばらくの間、彼から毎日手紙が来ました。私は（どうか、彼が、本当に彼にふさわしい女性と出会い、幸せになられますように）と、毎日祈りました。

結婚から遠のいた私は、うつ病が悪化しました。三十代になり、仕事の責任が増え、益々忙しくなりました。体中が痛く、毎朝、自分を叩き起こし、奮い立たせて、やっと仕事へ向かいました。首根っこに五寸釘が刺さっているような激痛があり、口内炎が頻発し、血圧が異常に低く、根性だけでは、もはや勤められなくなり、三十三歳で、私は辞表を出し、会社を辞めました。

仕事を辞めても、体調は一向に良くなりませんでした。それでも、父に言われるまま、お見合いを何度かしました。結婚するなら、専業主婦でと思っていた私は、仲人さんに、そう希望を伝えていたので、医師や、実業家など、ステイタスのある男性とお見合いをしました。ですが、どなたも、三十を過ぎた私には、男性遍歴があると思われるようで、「ずいぶん男を泣かせてきたんでしょ？」とか、思いもしない追及を受けました。真面目に、ひたむきに生きてきた私は、心が傷つき、交際に発展する事はありませんでした。今のように、アラサーなんて言葉もなかった頃で、女性は若さだけを求められるのだと、私は悟りました。

三十五歳になり、お見合いは一切しないと決めました。そして、人生に疲れた私は、救いを求めて、母と、四国遍路の旅に出ました。体調が悪い中での巡礼は、きつく、途中で倒れ、救急病院へかかった事もありました。八十八ヶ所を一年かけて回り終えた時には、体調が更に悪化していました。

大病院で、精密検査を受けたところ、膠原病の一歩手前だけれど、治療法は何も無いので、慣れるように暮らしなさいと言われ、ショックで声が出なくなりました。うつ病でかかっている先生に、ゆっくり休みなさいと言われ、心療内科で入院をしました。長い入院生活が始まりました。

9 出逢い。情けは人のためならず

失声症の私は、沈黙の毎日を、ただ、大好きな花を見て過ごしました。そのうち、枯れて別れるのが淋しく思われ、花を絵に描くようになりました。そんな私に、ベッドが隣りだった六十代の女性Mさんは、話しかけてこられました。Mさんは、肝臓ガン末期の患者でした。一人暮らしで、長らくうつ病も患っておられました。私達は、よく、花壇のある屋上へ散歩しました。声の出ない私は、もっぱら、聞き役でした。

「私……淋しくって。自殺しようと思って、もう、死に場所も決めてたの。それが、ガンで死ぬの。可笑しいでしょ？」と、自嘲するように言って、空を見あげたMさんの瞳から、涙がこぼれ落ちました。その時、私は（この人を、こんな孤独なまま死なせてはいけない！）と思いました。私は地下の売店へ行って、折紙を買い、毎日毎日、鶴を折りました。千羽になって、糸に通し、Mさんのベッドの天井に吊るしました。Mさんは、私に抱きついて喜んでくれました。

Mさんは、私の体調の事を色々と聞き、私は紙に書いて説明しました。体中が痛くて辛く、睡眠薬がないと眠れない事や、血圧が上は五〇ほどで、下は三〇ほどで、いつもだるくて動けない事や、口内炎がいっぱいできて、痛くて食べるのも辛い事や、治療法が無いと言われ、ショックで声が出なくなった事などを。Mさんは、それらを知って、私にハッキリと言いました。

「あなたもガンよ！　ちゃんと調べなさい！」

私は（えっ⁉　……まさか……）と思いました。でも、Mさんは、それから毎日、私の顔を見る度に「きっとガンよ！」と言い切りました。お医者さんからは、ガン検診は何も言われていませんでした。全身の痛みについては、整形外科へ回してもらった結果、酷い頚椎症と腰椎すべり症のある事が判明し、リハビリを受けました。

三ヶ月たち、少し声が出るようになり、私は退院しました。家に帰った私は、ふと、左胸がチクチクと痛むのを感じました。（心臓？　いや、そんなに深くない……乳ガン？）そう思ったのは、Mさんに「ガンよ！」と言われ続けていたからに、ちがいありませんでした。私は、乳ガン検診を受けました。数回、検査に通った結果、乳ガンを告知されました。でも、早期だから、今手術を受ければ助かると言われました。頭の中が真っ白になりましたが、早い方がいいと思い、手術の予約をしました。術前の検査を受けたあと、説明を受けました。

「手術は標準的なもので、乳房温存手術です。悪いところだけを取って、そこに詰め物をします。しかし、時として、手術中に、検査ではわからなかったガンの広がりが見つかる事もあります。その時は、お乳を全部取ります。万一ですが、そういう事も了解しておいて下さい」

私は、万一と言われましたが、麻酔から目が覚めたら、お乳が無い事もあるなんて！　絶対に嫌だ！と思いました。心が事態についていけず、手術をキャンセルしました。そして、セカンドオピニオンだけで納得できず、サードオピニオンを受けに行きました。その先生は、乳房温存手術の権威として知られていました。検査を受けたあと、言われました。

「あなたに、乳房温存手術は勧めません。なぜなら、術後、必ず変形するからです。乳房温存手術のあとは、放射線治療をします。胸の大きい人はいいですが、あなたのように胸の小さい人は、それで焼けて、変形するんです。断言します。ですから、あなたには、乳腺の全摘出手術を勧めます。そのあとは、私が腕のいい形成外科医を紹介しますから、胸にシリコンのインプラントを入れてもらえば、見た目は元通りになります」

術後の放射線治療の説明を受けていなかった私は、初めて知る真実に驚きました。でも、二度切るのは嫌だと思いました。帰り、その事ばかりを考えていて、私は、素人の発想ですが、乳腺を出して、すぐにシリコンを入れてもらえたらいいのに……と思いました。そして、帰って、ネットで調べてみたら、まさに、乳腺を全摘出して、すぐに形成外科医に、シリコンのインプラントを入れてもらう乳房同時再建手術という方法がある事を知りました。

私の願いは叶い、乳腺外科の先生が乳腺を全摘出し、続いて、形成外科の先生が、シリコンを入れる、乳房同時再建手術を受ける事ができました。当時、この手術は珍しく、この病院でも初めての手術でした。おかげで、乳房の見た目は全く変わらず、放射線治療を受ける必要もなく、もう乳腺が無いので、以降、乳ガンの心配をせずに済むようになりました。

近年、保険適用で受けられるようになった手術ですから、乳ガンにかかった女性には、是非、一つの方法として、知っておいて頂きたいと思います。

10 覚悟する

乳ガンを助かった私は、Mさんに感謝し、お礼を言いに、お見舞いに行きました。すると、Mさんは、やせ細った体を起こし「ダメよ！　安心しちゃダメ！　もっと調べて！　あなたは、まだ、ガンがあるわよ！」と、強い口調で言われました。私はびっくりして、何も言えませんでした。その帰り、乳ガンの入院中に、看護師さんに言われた事を思い返しました。

「高見さんみたいに、若くて乳ガンになる人は、子宮ガンになる確率も高いんですよ。それも、普通の検査でわかる子宮頸ガンじゃなくて、先生に言って検査してもらう子宮体ガンになる事が多いんです」

（まさか……）そう思いましたが、スッキリせず、私は初めて、婦人科を受診しました。もの凄く痛い検査で、私は、恥ずかしさと痛さとで、酷くショックを受けました。結果を聞きに行くと、子宮体ガンの早期だから、子宮を全摘出する手術をしましょうと言われました。私は愕然としました。またしても、心が事態についていけませんでした。私が手術をしぶると、先生は、とりあえず、定期的に検査を続けましょうと言われました。私は、この拷問のような検査を続けるなんて嫌だ！と思いました。そして、もう絶対、婦人科へは行かない！と、心に決めました。心療内科のカウンセリングの先生は言われました。

「あなた。ガンですよ」

「わかっています。死ぬ覚悟はできています」

先生は黙られました。家でも、家族が反対し、命が大事だから手術を受けるようにと言いました。私だって、命が大事な事はわかっていました。ですが、「産まない」女ではなく、「産めない」女になってしまう事が、どうしても受け止められませんでした。私は、貯金をおろし、家を出ました。初めて、マンションで一人暮らしをしました。一人になる必要がありました。テレビも置かず、新聞もとりませんでした。

本やネットで、体の事を調べ、人間の体には、細胞が約六〇兆個あって、古い細胞から、新しい細胞へ、常に入れ替わっていて、三年すれば、皮膚や筋肉や臓器や骨までの、全ての細胞が入れ替わると知りました。ガンのメカニズムが、まだ解明されていない事も知り、それなら、三年後に、今あるガンが消える可能性もあるのではないか？と、思いました。とは言え、お医者さんが切れと言うものを、切らずに放って置くのは、気持ちのいい事ではありません。やっぱり、ガンが進行して、死ぬかもしれない。普通の人なら、きっと先生の言われた通りにするだろう。でも、私は、まだ四十になったばかりで、男性経験もないまま、子宮を失う事を、心が拒絶しました。そこまでして、生きたいのか?と、自分に問い続けました。

考えたら、八歳で死んでいたかもしれませんでした。その後、弱い体にむち打って、信じられないほど、きつい仕事をこなしてきました。人一倍、頑張った。充分に生きた。命が惜しくて、今、手術を受け、子宮を失ったら、私の心が死んでしまう。それでは、生きているとは言えない。私はこれまで、自分の意志を持って生きてきました。死も、自分の意志を持って、受け入れよう。死ぬ、その日まで、自分の意志を尊重して、生きぬこう。そう覚悟しました。

11 希望を持つ。誓い

覚悟をしたはずの私でした。ですが、人間とは弱いものです。毎日が無味乾燥で、生きた心地がしませんでした。

ある日、ふらっと部屋を出ました。何の目的もなく、駅前まで歩いて、ビジネスホテルの前で足を止めました。わけもなく、偽名でチェックインし、部屋へ入りました。洗面所から、カミソリを持ってきて、鏡台の椅子に腰かけました。カミソリを右手に持ち、左の手首をジッと見ました。何十分そうしていたのか、わかりません。私は、ふと、手前の引き出しを開けてみようと思いました。カミソリを置き、引き出しを開けると、仏典が入っていました。それを手に取り、パラパラとめくって読むと、高校時代、毎朝唱えた法句経が書かれていました。私の頬を涙がつたい、私は我に返りました。

もし、あの時、引き出しを開けなかったら。もし、引き出しに仏典ではなく、ホテルのカタログが入っていたら。死に神に引っぱられた私を、引き戻してくれた、何かの計らいを感じ、人生とは、生かされているのだとわかりました。

私は、生きる決意をしました。絶対に生きる！と、自分に断言しました。すぐ、手術を受ける気にはなれませんでしたが、なぜだか、生きられる！と、信じきれました。私は、書店へ行って、十年日記帳を買いました。そして、十年後の「年のはじめに」のページに、こう書きました。

私は生きている！　なんて有り難いことか！　これからも、未来に向かって、真剣に今を生きる。何事も、どんどん実行する。神様、仏様、ありがとうございます。

それから、「ガン」という呼び方が、恐怖心を招く気がし、「プン」と名付けてやりました。「プン」なんて、怖くない！と、毎日、自分に言い聞かせました。

そうすると、不思議と平気な気持ちになりました。

また、神様、仏様に向けて、誓いをたてました。

私は、決して無駄には生きません。自分にご縁のある方々、これから出会う方々、全ての人を愛し、皆の幸せのために祈り、できる事を致します。私にできる事を教えて下さい。皆の幸せのために、必ず全力を尽くします。

これを、毎日、朝晩に唱えました。今も続けています。

ギリシャ神話に、パンドラの箱が開けられ、あらゆる悪が溢れ出たけれど、最後に希望だけが残った、という話がありますが、希望こそ、生きるために必要なものだと思います。

12

生きがいを持つ

私は気が済んで、マンションを引き払い、家に帰りました。家族は、私の考えを支持してくれました。ただ、婦人科は嫌であっても、内科で時々診てもらうようにと言われ、私はそうする事にしました。カウンセリングの先生も、私のあり方を否定せず、見守って下さいました。今、思い返しても、本当に有り難い事だったと、感謝せずにはいられません。

私は、毎日を明るく過ごしたいと思い、大好きな花に関わりたいと思いました。それで、大学時代にクラブ活動で習っていた嵯峨御流の華道を、もう一度習う事にしました。そして、辻井ミカ先生という、本当に素晴らしい先生に出逢えました。

嵯峨御流は、他の流派とちがい、家元制ではなく、京都嵯峨にある門跡寺院大覚寺がお家元です。大覚寺は一二〇〇年前、嵯峨天皇の御所で、天皇自らが菊を瓶に挿され、花を生ける心を推奨されました。その御心「命の大切さ、調和、平和」を願われた嵯峨天皇を、いけばなの始祖と仰ぎ、天皇と親交の深かった空海の教えも相まって「花即宗教」の精神で、引き継がれています。この、仏教の教えを根底に持つ、嵯峨御流との「ご縁」により、私の心は、平安を取り戻し始めました。

辻井先生に、毎週いけばなを習い始め、私の生活はイキイキと輝きだしました。春には、桃、桜、ストック、薔薇《ばら》、菜の花、アイリス、フリージア、チューリップ、カーネーション、芍薬《しゃくやく》、燕子花《かきつばた》、等々を。夏には、紫陽花《あじさい》、向日葵《ひまわり》、百合《ゆり》、トルコ桔梗《ききょう》、アガパンサス、檜扇《ひおうぎ》、クルクマ、アスター、等々を。秋には、菊、撫子《なでしこ》、桔梗、女郎花《おみなえし》、ホトトギス、コスモス、竜胆《りんどう》、孔雀草《くじゃくそう》、等々を。冬には、梅、椿《つばき》、山茶花《さざんか》、寒桜《かんざくら》、蝋梅《ろうばい》、水仙、等々を。あげればキリがないくらい、沢山の花を生けました。そして、お正月には松を、お盆には槙の木を生けました。花を生ける時、無心になれ、季節を感じ、私は自分が自然の一部である事を実感し、幸せになれました。

嵯峨御流には、盛花《もりばな》、瓶花《へいか》、生花《せいか》、荘厳華《しょうごんか》、文人華《ぶんじんか》、心粧華《しんしょうか》、景色《けしき》いけ等、様々な生け方があり、その技と心を体得するには、一生かかっても足りないと思われました。私は、楽しく、いけばなの勉強を続けました。

やがて、師範のお許しを頂き、私は、生きて、好きな道を登ってゆける幸せを、本当に有り難く思い、感無量でした。

人が生きていくには、心から楽しめ、無心になれる、生きがいを持つ事が、本当に大切だと思います。

13 奇跡

華道の師範を授かった私は、生きたい！と、より強く願うようになりました。四十五歳になっていました。無事に生きている事に、毎日感謝しました。そんなある日、内科の採血検査の結果、婦人科の腫瘍マーカーに、異常に高い数値が出ました。不安に思っていたところに、不正出血がありました。私は（ついに来たか……）と、思いました。もう年齢的に、子宮を失う事への抵抗感も薄れ、華道という生きがいを持てた私は、手術を受ける決心をしました。

婦人科へ行くと、先生は久しぶりの患者が、これまで生きていた事に驚かれましたが、私が願うよう、すぐ、子宮摘出手術の予約をとって下さいました。手術は無事に成功しました。しかし、術後の病理結果は恐るべきものでした。子宮体ガンがあっただけでなく、子宮筋腫の一部に、肉腫があったと聞かされたのです。肉腫？　私が、何ですか？と聞くと、先生は、悪性腫瘍で、普通のガンより増殖が早く、化学療法も効かない、タチの悪いものだと教えて下さいました。そして、それは皮から飛び出ておらず、取りきれたので、この時期に手術を決断した事を、とても強運だと言われました。それで、術後、化学療法などはせず、五年間、経過観察をする事になりました。

この先生は、五年間、色々あった中、本当に親身に、私を診て下さいました。そして、ちょうど五年たった二〇一八年の一月に、ご病気で急逝されました。信頼してきた先生の突然の死は、非常にショックで、この時に受けた衝撃により、私は何かに突き動かされるように、『薔薇のノクターン』という、私小説を書き上げました。

この小説の中にも書いた事ですが、子宮を取った私は、自分でも思いもよらない心境になり、驚きました。どこへ行っても、子供達が目に飛び込んできて、可愛く、愛おしく見えて仕方がないのでした。それは、とても不思議な事ですが、心の深いところで愛が広がって、とても幸せになれ、みんな自分の子と思ってしまうようになったのでした。ですから、子供が産めないから、子供を見るのが辛い、というのとは逆に、子供を見るのが以前よりずっと幸せになったのでした。

結局、苦によって、得たものの方が大きかったのです。病で孤独になったおかげで、花と語らう美しい花の道が開けました。辻井先生に出逢い、志を同じくする仲間に出逢い、大覚寺に通うようになり、花を通じて友達の輪が広がり、心の通い合う人間関係ができました。疎外感で孤独に苦しんだＯＬ時代からは、全く信じられない日々が訪れました。本当に、思いもかけない奇跡ばかりです。

ですから、私は、ガンになって良かった！と、心の底からそう思っています。

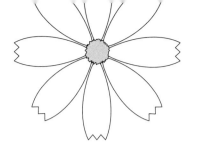

CHAPTER 2

道に生きる。命輝いて

華道という生きがいに出逢え、私は今、本当に幸せです。華道に限らず、この「道」というものについて、考えてみたいと思います。

14

日本の精神「道」とは

私は、子宮ガンだと言われたのに、手術を受けず、数年を無事に生き、手術を受けたら、奇跡的に間に合って助かりました。この数年間に、私は、華道に打ち込んでおり、それが、結局、ガンの事を一切考えない、無心の日々であり、何か大きな力に、救われたのだと思われます。

日本には、華道の他に、茶道、香道、書道、剣道、弓道、柔道などがあり、日本の伝統を継承しているものを、「道」と捉えています。「道」とはなんでしょうか？　私が思うに、それは、新渡戸稲造の説く『武士道』に通じる精神ではないかと思います。新渡戸は「武士道はその表徴たる桜花と同じく、日本の土地に固有の花である。……今なお我々の道徳の道を照らしている」と述べています。

「道」とは、まさしく日本的な道徳観だと思われます。礼節であり、義であり、仁であり、これらの精神を備える心を「道」と言い、日本は「道」を重んじる国で、それが、日本を日本たらしめているのだと思います。それを証すように、今回の新型コロナウイルス感染症対策で、緊急事態宣言が発令されると、法の強制力もないのに、国民は見事に自粛生活を遂行しています。欧米のような、ハグや握手の習慣はなく、相手と距離をとり、お辞儀をする礼儀が習慣のおかげで、パンデミックも起きていません。

「道」を重んじる精神性が、日本人のＤＮＡには刻み込まれており、人道に反する事をよしとしないのだと思います。震災や、台風・大雨など、幾度も自然災害にみまわれ、被災地では、大変な避難所生活を送られている中でも、礼儀正しく、我勝ちにならず、順番を待ち、パニックを起こしたりしない国民性は、特筆すべき事だと思います。

また、古来より神道のある日本は、仏道も取り入れ、神仏習合しており、宗教観が実に大らかです。このような宗教観は、今で言えば、大変グローバルなもので、世界もこのようであれば、戦争もテロも起きないのにと、私は思ったりします。私は、ガン闘病中、困った時の神頼みで、あちこちの神社へお参りをしました。学校で親しみ、華道も大覚寺がお家元で、仏様の教えを受けた事から、お寺にも、あちこちお参りしました。この事で、どれだけ心が救われたかしれません。

私は、日本に生まれた事を、本当に幸せに思っています。

15

「型」があっても、オリジナル。個性が光る

「道」では、「型」というものを教わります。華道嵯峨御流では、例えば、盛花

を生けるには、水盤に水をはり、七宝《しっぽう》を置き、五つの役枝《やくえだ》、体《たい》、用《ゆう》、相《そう》、右相《うそう》、左相《さそう》で構成する様式、つまり「型」を習います。体の寸法は水盤の直径の約一・五倍で、用は体の三分の二、相は用の三分の二、あるいは体の二分の一と決まっています。これに、継《つな》ぎを入れて、全体の風姿にまとまりをつけ、五居《ごきょ》の構《かまえ》を生けあげます。

先生が、お手本を生けられ、花材が配られます。この時点で、「型」はあっても、誰も、先生と同じ花は生けられません。なぜなら、花材が同じであっても、それは自然の植物であり、どれとして、同じ枝ぶりのものはなく、花とて、向きや咲き加減や、微妙な色合いがちがうからです。それぞれが、自分に割り当てられた「ご縁」のある花材を用いて、「型」に取り組み生けます。すると、「型」は踏襲できているので、バランスのとれた美しい盛花が生けあがりますが、人によって、用や相に用いた花材がちがったり、継ぎの細かな作り方がちがっていて、皆が個性ある作品を生けあげるのです。「型」通りですので、伝統の美学は守られています。しかし、その中であっても、いえ、そのような中であればこそ、個性は不思議と光るのです。これは、大変面白く、素晴らしい事だと思います。

日本の「道」は、「型」によって、誰もを、長い伝統で培ったバランスの整った美しい姿に導きながら、決して個性を殺したりはしません。むしろ、個性を生かしながら、「型」にのっとった美学を追求していく、それが「道」です。

華道は、現代は、女性の習い事とみなされがちですが、大覚寺で華務職となった未生斎広甫《みしょうさいこうほ》をはじめ、もともとは男性のたしなみであり、武士は、戦場においてさえ、馬具の轡《くつわ》を花留めにして、花を生け、ひととき花を愛でたといいます。

華道は古くさいと思われがちですが、華道では、一輪の花を生けるのさえ、姿を整え、心を込めて生けます。沢山の花をありったけ使うアレンジメントとちがい、地球のエコにかなった花で、命を慈しむ優しさが生まれ、自ずと心の美しい人になれます。

現代、教育現場で、没個性になりがちなのは、「型」とは全くちがう、枠にはめるという、いわば、クローンを作るような教え方が、行われているせいではないでしょうか。

私の周りを見ると、最近、いけばな男子が増えてきており、大変頼もしく思っています。日本の未来を担う子供達にも、日本の「道」を、どの「道」であれ、ふれてみて、知ってもらいたいと思います。

16

「道」は広がって行く

私の場合、華道という「道」を歩んでいますが、「道」というのは、進んで行くほどに、広がって行くものなのだと、知りました。季節ごとに、生ける花があり、それには、五節句や、二十四節気など、古くからの暦の知識が必要ですし、花の「型」を学ぶ上で、陰陽思想や五行思想を勉強しなければなりません。花にまつわる短歌や詩歌を学ぶ事も、華道を深めるのに役立ちます。また、花を生ける花器について、どのような種類があるのか、焼き物についての知識も必要になります。華展会場では、しばしば茶席が設けられるため、茶道も知る必要がありますす。着物も自分で着付けられるようでなければ不便です。進めば進むほど、色んな知識を学ぶ事になります。もちろん、花を生ける技と心を体得するのは、一生かかっても極められないほど奥の深いものです。

華道を始めて、人生とは、常に学ぶ事なのだと痛感しています。また、そうであるからこそ、謙虚になれ、人との和合の大切さを知り、人間として成長していけるのだと思います。これは、どの「道」であっても同じ事が言えるのではないかと思います。

人は、歳を重ねていきますが、その中にあって、成長していってこそ、自分の中に発見があり喜びが生まれ、常にイキイキと生きていると実感されるものなのだと思います。とかく、変化のない日常に流されがちで、何のために生きているのかと、悩んだり苦しんだりするのが、人生ですが、何か一つ、「道」を進む事で、自分を活性化でき、それまで気付かなかった才能を発見し、自分には、まだまだ可能性があるのだと、生きる喜びを知る事ができます。

日本の長い歴史の中で育まれた「道」には、日本人の深淵な叡智がふんだんに隠されており、それを一つ一つ紐解いていくのは、自分のルーツを知る作業でもあり、深い生きがいを感じる事ができます。

人生とは、考えてみれば、自分が何者なのかを探す旅のような気がします。その旅で、地図も持たず、「道」に迷うのではなく、一本の「道」を信じ、懸命に進む事で、迷いが消え、「道」の周りの様々な景色を楽しむ事ができるなら、こんなに素晴らしい事はありません。

先人が敷いてくれた日本の「道」には、そんな人生を豊かにしてくれる懐の深さがあります。機会があれば、皆さんにも、日本人に生まれた「ご縁」を信じて、何か「道」を進んでみて頂きたい、そう思わずにはいられません。

17

季節を感じる。心のゆとり

華道では、四季折々の花を生けます。おおざっぱに説明しますと、元旦には、神の降りてくるのを「待つ」依代《よりしろ》として、「松」を生けます。

三月三日の雛祭りには、女児の健やかな成長を願って、古来から霊力があり、邪気を払ってくれると信じられている「桃」を生けます。

五月五日の端午の節句には、男児の健やかな成長と将来の発展を願って、強い芳香があり、それによって邪気を払ってくれる「菖蒲《しょうぶ》」を生けます。菖蒲の細長い葉は、剣のようでもあり、「勝負」にも通じる事から、強い男性に育って欲しいとの願いも込められています。

七月七日の七夕には、陰暦七月七日に、牽牛、織女の二星が、天の川を渡って相逢うという伝説により、この日、五穀豊穣と技芸上達、幼児の幸福を祈る習わしが古くから伝承されており、秋草を用い、「七夕の花」として生けます。また、「梶《かじ》」の葉に、願い事の歌などを書いて、星に手向ける習わしがあった事から、梶の葉を生けたりもします。

九月九日の重陽の節句には、九が一番大きい陽数（奇数）で、その九が重なる日で、おめでたい日であると同時に、満つれば欠ける世の習いのように、縁起の悪い事にならないようにと願い、香り高く邪気を払ってくれる「菊」を生けます。その菊は皇室の紋章であるくらい高貴な花であり、延命長寿の花とされています。その菊を、白、黄、赤の三色を生け、葉の緑を青に見たて、水盤の水を黒に見たて、これも邪気払いとされる五色に生ける習わしです。

このように、いけばなには、古くからの由来があり、普遍的な人々の祈りが込められています。その他にも、節分の花、立春の花、春分の花、夏至の花、立秋の花、秋分の花、立冬の花、冬至の花、大晦日の花と、あげればキリがありません。

日本には、春、夏、秋、冬と、四季があり、四季折々に咲く花があります。いけばなとは、季節ごとの花を生ける事で、これらの自然を、生活の中に取り込み、季節の移ろいを日々、身近に感じられるようにするものです。そうする事で、自分もまた、自然の一部である事を思い、自然との一体感を覚え、何か心が安らぎます。

また、近年は、床の間のある家は少なくなりましたが、玄関に花を生ける事で、やはり、来客への心を込めたおもてなしができます。これにより、人との交流をあたたかなものにする事ができ、何よりも、花を愛でる事で、人は心に余裕を持てます。

勤めに出る人も、朝、出かける時に、玄関の花を見、まだ蕾だったのが、帰って見ると、花開いていたりすると、その日の疲れも癒されます。

花は、何も求めず、ただ、その美しさを与えてくれます。その無償の愛を感じとる事で、人もまた、愛に目覚めるのではないでしょうか。花と親しむ事で、誰もが、知らず知らずのうちに、元気になれ、明るくなれる、そう感じます。どうぞ、皆さんにも、一輪でも、生活に花を取り入れ、心のゆとりを感じて頂きたいと思います。

18

人とのつながり。師や同志と共に

好きな「道」へ進む事によって、人は、様々な本当に素晴らしい体験をします。その中でも、特に素晴らしいのが、人とのつながりを強く感じられるようになる事です。例えば、私の場合は華道ですが、そうすると、やはり、花の好きな人に出逢います。出発点からして、既に共通の思いを持っているわけです。これは大変、重要なメリットです。

人は、教育期間は学校において、何となく気の合う人を見つけ、友達になります。しかし、社会へ出ると、人間関係は選べず、全く気の合わない人と出会っても、毎日を一緒に過ごさなければなりません。上司、同僚、部下、どの立場であっても、それは心にストレスが溜まり、酷い時は、私が体験したように、うつ病の発症へと発展する事もあります。あとから思えば、人生の修行であり、人として、自分を成長させてくれた経験であったと、わかるのですが、やはり、人間関係の軋轢は、非常に苦しく、できれば避けたいものです。ですが、職場とは、そもそもが追い越し追い越せの競争の場であり、いくら人間ができている人であっても、最低限のチームワークを保ってはいても、心に負荷を感じている、それが正直な本音ではないでしょうか。

そんな時、仕事とはちがう、好きな「道」を持つ事で、共通の思いを持つ人達と出逢う事は、大変に意義のある事です。まず、師との出逢いは、その技を学ぶ事だけにとどまらず、一つの「道」を極めた人にしかない、独特の大きな愛が感じられ、惹きつけられます。それは、恐らく、自分が粉骨砕身して修得した伝統を、次の世代へと教え伝えていきたいという使命感に満ちた思いからくる愛情だと思われます。この師との出逢いにより、それまでの人生では得られなかった師弟愛という愛に包まれます。教えられる過程においては、厳しくあっても、師のその根底には、必ず愛があるものです。

そして、師と礼節のある関係を持ち、学びながら「道」を進む事は、強い絆で結ばれ、本当の意味での、人生の成長につながります。「道」にはずれない生き方が身についていくのです。

また、門下生同志とのつながりは、互いに刺激であり、励まし合う関係で、大いに頼もしいものです。そこで、自分を律する事を知り、思いやり合い、認め合う関係は、他ではなかなか得られない強い絆を感じられます。「道」を同じくする者同志の集まり、つながりこそ、喜びも悲しみも共にし、分かち合う、大きな家族のような愛情で結ばれていきます。

師や同志と、血はつながっていなくとも、人と深いつながりを感じられる、そういう関係を持てる事は、人生で誰もが感じる孤独を救ってくれる、まさに心の滋養だと思われます。

19

「躾《しつけ》」ること

世間では、よく「躾」がなっていないとか、あの人は「躾」のよくできた人だとか言います。私は、昭和ひと桁生まれの、古い考えの父の元で育ったので、この「躾」というものを、厳しく受けた覚えがあります。それは、礼儀作法であったり、立ち居振る舞いであったりです。

日本の「道」へ進むと、自ずと、この「躾」が大変重要で必要なものになってきます。師への礼節であり、「道」においての規律であり、門下生同志の礼儀などです。

私は、この「躾」について、なんと理にかなった良くできた漢字だなと思っていたのですが、調べてみると、これは、漢字ではなく、日本で作られた和製漢字、国字だったのです。国字は、他にも、峠《とうげ》、榊《さかき》、凪《なぎ》、雫《しずく》、などがありました。どれも本当に良く考えられ、作られている事に感心します。ここにも、日本らしい、創意工夫する知恵の深さが感じられます。

「躾」について、辞書で調べると、仕付け・躾とあり、①（「躾」はからだを美しく飾る意の国字）子供などに礼儀作法を教えて身につけさせること。また、身についた礼儀作法。〈躾〉②本縫いを正確に、きれいにするためにあらかじめざっと縫い合わせておくこと。また出来上がった衣服の形が崩れないように、折り目などを縫って押さえておくこと。③作物を植え付けること。特に、田植え。〈仕付〉。とありました。

「道」において、強く意識するようになった「躾」ですが、その顕著なものが、言葉遣いです。師へ対して、正しい尊敬語や謙譲語を使いこなす必要性を、つくづくと感じ、毎日が勉強です。日本語は語彙が多く、時として間違った謙譲語を使ってしまう事があり、その失礼を申し訳なく思い、恥ずかしく思ったりします。「道」の道程で、この言葉の操り方を学ぶのも、大変貴重で有意義な事です。

昨今、口癖の法則とかが流行ったり、言霊のパワーを謳った本が出ていたりしますが、まさに言葉こそ、人生の運不運を決めると言っても過言ではありません。言葉の乱れは、心の乱れに直結しています。

日々勉強して、正しく美しい日本語を使い、心を正しく保つよう、自分を「躾」たいと思っています。

20
許状を授かるとは。人間力

私の「道」、嵯峨御流では、はじめに入門を、そして、初伝、中伝、奥伝を、その上に皆伝という風に、「道」を進むに従い、許状を授かります。この意味について、先生に教えて頂いた時、私は大変に感銘を受けました。

許状とは、その言葉通り、許し状であり、奥伝であれば「これより奥の、技心得を学ぶ事を許す」ものであるのです。ですから、資格のように、学んだ結果に頂くものではなく、これから学ぶ事を許されるというものなのです。

そして、先生は「これは、道ですから」と仰いました。この「道」というものの、奥深さを、私はしみじみと感じ、身の引き締まる思いがしました。

昨今、資格がないと、仕事に就けないような風潮があり、誰も彼もが、資格を取る事に努力されています。ですが、その中のどれだけの資格が、本当に有用でしょうか？　パソコンなどは、日進月歩しており、今日習ったものが、明日には次のものに変わってしまい、まるで役に立たないという事も、ままあるように思います。

履歴書に、○○資格取得、□□資格取得……と、羅列しているのに、一向に就職の決まらない人がいたりします。かと思えば、何の資格を持っていなくても、軽々と就職が決まる人もいます。このちがいは、何でしょうか？

そのちがいは、人間力にあるのではないかと、私は思います。では、人間力とは何かというと、精神的に自立しており、自分に自信があり、目標を持って前に進む力のある人ではないかと思うのです。自分に自信のある人は、むやみに資格に頼ったりしません。その逆が、資格取得に励む人、そんな気がするのです。資格であれ、何であれ、努力する事は大変いい事です。ですが、その気持ちの根底が、自信のなさであるとしたら、するべき事は、他にあると、考え直した方が得策だと、私は思います。

私は、華道を習っていたおかげで、秘書の頃、役員の方々への来客をお通しする応接室に、花を生ける事を任されていました。毎週月曜日に、その季節に合った花のセットが届き、私は、応接室に、嵯峨御流で習ったいけばなを生けました。ビジネスのスキルとは全く関係のない華道が、実際には役に立ったのです。

自分は、次のステップを学ぶ事を許されているだろうか？　そんな風に、謙虚に、時々よく自分を観察して、本当に必要な努力をしていくうちに、人間力が育っていく、そんな気がしたりします。

21

流されない。時代を越えて

「道」というものは不変です。百年前に習ったものと、五十年前に習ったものと、今習うものとがちがう、そんな事はまずありません。長い歴史の中で培われ、体系づけられた「道」は、いつの時代にも、同じ「型」を、技を、心を伝え、教えます。そうであるならこそ「道」なのです。

「道」を一つ進んでみたら、先人の大いなる叡智に感動し、自ずと、果てしない「道」に対し、謙虚に学ぶ姿勢になります。それと同時に、自分が、その不変の世界にふれる事で、目には見えませんが、揺るぎない自信が芽ばえます。これこそが「道」を進む上での、一番のメリットです。

人は、絶えず迷い、悩み苦しみ、自信を獲得するのは容易な事ではありません。それが、「道」では、こうするのだと、まちがいの無いものを指し示され、学ぶうちに、何事においても、判断するのに、迷わない心が育ちます。

例えば、花を生ける時、どの枝を選び、どのくらいの長さに切ればいいのか、知らないうちは戸惑い、鋏《はさみ》を持つ手が止まります。しかし、「道」で、ちゃんと学んだなら、心を集中させれば、ふさわしい枝は、すぐに選び取れ、寸法も迷わず、すぐ鋏で切る事ができます。

人生も、これと同じです。集中する事が大事なのです。考えるのでなく、感じる事が大事なのです。そこには、必ず、ブレない自分がいます。「道」は、いわば、そんな己を造りあげる手段とも言えます。だからこそ、時代を越え、脈々と伝えられているのだと、私は思います。

「道」は不変です。一つでも「道」を知ったなら、あなたにも、きっと、真実の自信が生まれます。流されない自分の存在を確立できます。私がそうでした。

いけばなは、いずれ散りゆく刹那《せつな》の芸術です。それ故に、生ある有り難さ、人生の儚《はかな》さを、花のひとときの美から汲みとる、特別な「道」です。人は皆、いずれ死にます。だからこそ、生かされてある今を、花のように美しく、無償の愛で、人を思いやり有意義に生きたい。そう思えたからこそ、今、私は幸せです。

どんな事があろうとも、我が道をゆく。これからも、この心を持って、生きてゆきたいと思っています。

22

道の中で

人生は旅です。旅はいつか終わります。私はスピリチュアリストではないので、その先を語る事はできません。ですが、この旅がどんなものかを、お話しする事ならできる気がします。

人生という旅は、迷い道の連続です。道はいつも一本ではなく、分かれ道にさしかかる度に、どれがいいのかと、見えない先を考えに考えて、選び、進んで行きます。光が差したと思い、進んでみたのに、茨の道で、痛い痛いと泣いた時もありました。袋小路に入り込み、夜道を怯えながら歩いた時もありました。疲れ果て、脇道に出てみたら、思わぬ道草をしてしまい、いたずらに時間が通り過ぎ、一体どこへ向かって歩いているのか、道を見失う時もありました。それでも、くじけず、また歩きだし、山道をトボトボと歩き続けました。歩いても、歩いても、先が見えない不安に疲れ、ちょっと寄り道をしたら、だんだん暗い森の中に迷い込んで、道だと思って歩いていたのが、穴があって、どん底へ落ちた時もありました。暗い穴の底で、一体どうしたら上へあがれるのかと、途方に暮れ、うずくまって淋しさに泣き続けていると、大雨まで降ってきて、ずぶぬれになり、一層悲しみに暮れました。その長雨がやみ、ふと立ちあがって空を見あげると、美しい虹がかかっていて、その虹の輝きに勇気づけられ、火事場の馬鹿力がでて、やっと、どん底から這い上がる事ができました。

思えば、私の人生は、大変な回り道をした旅と言える気がします。ですが、そうであったからこそ、普通では味わえない歓びが、今、あるのだと思えます。どの道も無駄ではなかったと、何かに教えられる思いです。それが、神様であり、仏様であり、気付かなかっただけで、いつもそばに居て下さったのだと知り、感謝で胸がいっぱいになります。

いけばな嵯峨御流の「道」を知ったのは、まさにどん底の時でした。ですが、この「道」のおかげで、迷いは消え去り、ただひたすらに信じきり、信念の元、進む事ができました。この「道」がなかったら、今、私は生きていなかった、そう思っています。これには、導きという、見えない力「ご縁」が働いたとしか思えません。

私は、まだ「道」の途上です。これからの道のりを、まだ知りません。ですが、「道」を知った私は、もう何の迷いもありません。ただただ、照らされる花の「道」を微笑んで進むばかりです。愚直であっても、これこそが自分の「道」だと信じているからです。

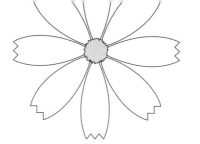

CHAPTER 3

今を切に生きる。愛に溢れて

ここからは、ガン闘病を克服し、華道に生きがいを見いだし、今を幸せに生きている私の私見を、思うままに書かせて頂きたいと思います。

23 花を生ける。今ここに

花を生ける時は、今に集中し、無心です。この無心の境地が、雑念を消します。今ここにある事だけに、心がフォーカスされます。これは、とても大切な事です。人は日々、何かを考えています。昨日の失敗を反省したり、今日は何か落ち込んでいると思ったり、明日の心配をしたり、休む事なく考えています。日常を滞りなく送るために、それは必要な事かもしれません。ですが、人生には、考えの及ばない事が起きる事もあります。

私の場合、ガンでした。もともと病弱でしたし、告知される前も、長らく非常に体調が悪かったので、考えてみれば、驚く事でもなかったかもしれません。ですが、やはり、心が動揺し、心をコントロールするのが、難しくなりました。先に書いてきましたように、私は、子宮を失いたくなくて、手術から逃げました。とんでもない行為です。命を危険にさらしたのです。

そんな私は、華道を始め、毎日、ただただ、好きな花を生け、無心に過ごしました。明日の事は全く考えず、ただ、今を切に生きました。毎日、生きている事に感謝し、眠りにつきました。ガンに、心をフォーカスしなくなったのです。

つくづく思うに、人生は、今日の連続です。昨日は過ぎ去り、明日の事などわかりません。今日を、今を切に生きる。そうする事で、不思議と毎日が輝きだしました。この今は二度とないのだと思うと、生きている今が、あたりまえではなく、本当に愛おしく思われ、毎日を丁寧に生きました。

そして、ある時、急に吹っ切れて、手術を受けたら、危機一髪のところで助かりました。私は、見えない大きな力に、深く感謝しています。

とんちで有名な一休さんは、亡くなる前、弟子達を集め、本当に困った時に読むようにと、遺言書を託されました。一休さんが亡くなったあと、弟子達は、色々困難を乗り越えましたが、もう策も尽きて無理だという時、一休さんの遺言書を開けてみました。すると、そこには「心配ない。大丈夫。何とかなる」と書かれてあり、一同に笑いが起こり、悲観していた心が、楽観的になり、問題が解決したという話が残っています。

今ここに、ただ今を切に生きていれば、どんな問題も、解決できないものなど無いと、私は思っています。

24

心の声を信じる

私は、病弱だったせいか、非常に勘の鋭い子供でした。喘息のせいで、息苦しく感じたら、翌日は必ず雨が降るので、天気予報ができました。今もできます。そんな私は、人の言う事ではなく、自分の感じる心の声を、常に優先する生き方をしてきました。

就職にせよ、転職にせよ、結婚を選ばなかったのも、乳ガンの手術法を変えてもらったのも、子宮ガン手術を先延ばしにしたのも、華道に進んだのも、全て、直観であり、ひらめきであり、心の声に従ったのです。ですから、結果は全て自分の責任なので、納得しています。

もちろん、体が弱いのに、親から言われた通り就職をして、七年ほど給料を全部、家に入れた事や、そのせいで婚期を逃した事など、深く考えたら納得できないような事もありますが、それでさえ、当時の私は納得し、運命を受け入れて、その結果、不思議と高給なところへ、いつも就職できました。これも、心の声に従った結果です。

それらの苦労が体にこたえ、ガンになったとも思われ、散々な人生のようですが、そのおかげで、花が大好きな自分に気付け、華道の道へと進み、大変幸せな今を生きています。

喘息も、うつ病も、まだ治っていませんが、幼い頃から、非常に体調の悪いのがあたりまえだった私にしたら、今の方がずっと調子は良く、元気です。ですから、周りの同世代の人が、体力が衰え、年齢を感じるようになったと嘆いているのが、よくわかりません。私にしたら、若い頃より、今の方が断然元気だからです。と言っても、皆より、劣った体でしょうけれど、私は自分の体しか知りませんから、有り難い事この上なく、それだけでも幸せに思われるのです。

氏神様の神社の宮司さんから伺った話ですが、神社に鏡が祀ってあるが、この「かがみ」から「が」（我）をとってみなさい。すると「かみ」（神）になるでしょ。だから、我を捨てて、一心に祈る心は、神様と一体なのですと教えて頂きました。私は、幼い頃から毎晩祈って眠るのが習慣です。これにより、知らず知らずのうちに我がとれて、神様のお声をダイレクトに聞ける体質になれたのではないかと思ったりします。心の声が、いつも確信的に感じられ、従わずにいられなかったのは、それが神様のお声だったからではないのか、そんな気がしたりします。

心の声を信じて生きていると、なぜか何の不安も心配もなく、生きていられるので、私はこれからも、大切にして生きたいと思っています。

25

微笑みを絶やさずに

仏教の教えに、和顔愛語という言葉があります。書いて字の如く、和やかな顔で、愛ある言葉を話しましょうという事です。これは、常日頃から笑顔でいて、人に心優しい言葉をかける大切さを説いています。

これこそが、誰にでも実行できる愛の実践だと思います。どんな人でも、人から微笑みかけられ、心遣いのある言葉をかけてもらったら、うれしく、気分が良くなるはずです。誰もが、人から愛されたい、認められたいと思っているものです。なぜなら、人は本来、孤独だからです。

私は、小さい頃から母に「笑顔でいなさい。そうしていれば幸せになれる」と教えられました。幼く素直だった私は、どんなに体調が悪く辛くても、いつも笑顔でいるよう努力しました。でも、それは実に理にかなっていて、「苦しい、苦しい」と暗い顔をしていると、余計に苦しく、見栄でも笑顔でいると、何とか学校生活も送れ、社会に出ても、不思議といつも恵まれた仕事に就く事ができました。

人に優しい言葉をかける事も心がけ、友達関係は上手くいきました。ですが、社会人になってからは、これに難しさを感じ、ずいぶん戸惑いました。私は常に、相手のいいところを見つけ、ほめるという事をしたのですが、どういうわけか、素直にとってもらえない事がありました。例えば、髪が長くて綺麗な女性に「長い髪、いつも艶々サラサラで綺麗ですね」と言ったところ、「髪を長くのばしていないと、女として扱ってもらえない気持ちが、あなたには、わからないでしょ！」と、怒った顔をされ、どういう意味なのか、すぐには理解できず、すごく落ち込みました。私はお世辞ではなく、本心から言ったのに、相手には、何かコンプレックスか劣等感があって、口先だけのおべっかを言われたと、気分を害されたようでした。良かれと思った言葉が、人を傷つける事もあると知り、私は素直な自分を出せなくなり、だんだん無口になりました。そんな事が重なり、雪だるまのようになった時には、私はうつ病になっていました。

職場の人間関係では、完全に孤立しており、本当に辛く苦しかったです。それでも、私は毎日、笑顔を心がけました。そうしていないと、自分自身、心が折れてしまいそうでした。涙は女の武器だとか言いますが、私は、人前で泣いた事はありません。泣きたくなると、そっと屋上へ行って、一人で泣きました。そして、また口角を上げて、職場へ戻りました。

退職してからも、結婚問題や体調の悪化で心身が疲弊し、失声症になり、声が出なくなりましたが、笑顔だけは、なくさないよう、心がけました。

その後、ガン闘病もしましたが、今、私に会う人達は「高見さんと笑い合っていると、元気が出るわ！」と言って下さいます。笑顔は笑顔を呼び、自分も人も、元気にする力があるのです。ですから、私は、これからも、どんな事があっても、微笑みを絶やさないでいようと思っています。

26

損得ではなく、喜びを選ぶ

人とは、自分が人から必要とされる事で、自分の存在を感じ、生きている事を実感するものです。それには、どうすればいいでしょうか。

単純な例ですが、人から親切にされたり、欲しかった物をもらったりすると、その相手が嫌いな人でない限り、人はうれしく思うものです。これを逆にしてみると、人に親切にし、人の必要としている物をプレゼントすると、嫌われていない限り、喜んでもらえます。この、人から喜ばれる経験をした時、人は自分の存在価値を感じます。やってみればわかる事です。

つまり、人に尽くす事は、自分の喜びでもあるわけです。疲れた母の肩を、少しもんであげると、「ありがとう」と言われ、疲れていた顔がホッと明るくなったのを見ると、本当にうれしくなります。電車で、杖をついているご老人に、サッと席をゆずると、「ありがとう」と言われ、多くの方は笑顔を返されます。すると、自分の心があたたかくなり、自分も笑顔になります。

世の中は、お互い様であり、ゆずり合う事で、円滑になりますが、特に、自分から率先して、人に与えるという事をしていると、どんどん心が豊かになっていきます。自分で自分の存在価値を作っていけるのです。

「ありがとう」という言葉は、大変美しく、常日頃から口にするよう心がけたい大事な言葉ですが、人から「ありがとう」と言われるのは、尚、心が満たされ、心が美しくなります。

私は、体が弱いので、人様からして頂く事の方が、どうしても多くなります。入院すれば、お医者さんや看護師さんのお世話になります。皆さん、本当によくして下さり、そのおかげで元気に退院できるようになります。私は入院中、「ありがとうございます」を、日に何度言っているか、わからないほどお礼を言います。

こんな私なので、人にして差しあげられる事は少ないのですが、だからこそ、できる限りの事をするよう、いつも心がけています。その時に、気を付ける事が、これをしたら、喜んでもらえるだろうな、という喜びにだけ心を向け、決して損得を考えない事です。損得を考えるのは、相手に期待する自分勝手な考えであり、純粋な喜びをかき消してしまうからです。ですから、損得ではなく、喜びだけの気持ちで、人に親切にしたり、何かを差しあげたりが、自然とできると、人とあたたかなつながりができ、とても幸せな事だと、私は思っています。

27

男女のわきまえ。美しい関係

若い人は、とかく恋愛や結婚の問題で悩みます。私もそうでした。結婚しても、夫婦の関係は難しく、離婚してしまう事もあります。男女のあり方とは、どうあれば幸せなのでしょうか。私は結婚をしていませんが、していないからこそ見える、わかる事もあります。

男女平等が謳われ、世の中はどんどん男女差をなくす方向へと進んでいます。近年、女性の社会進出は著しく、それに伴い男性の育休も増えています。戦前のように、女性に選挙権のなかった時代からは、考えられないほど有り難い時代です。

そんな中、草食系男子や、肉食系女子などといった呼び方を聞き、ふと、考えさせられます。流行りといえば、それまでですが、これで本当にいいのだろうか。と、頭の古い私は思わずにはいられません。

遡って考えてみると、男性は狩りをし、女性は住みかを守るというように、役割はハッキリと分かれていました。それで、男性は女性よりも筋肉が発達しており、女性は子供を産み育てるわけです。人間も、動物である以上、この本質的な部分は、いくら時代が変わっても、あまり変わらないのではないか、私はそう思うのです。

安心、安全、安らぎ、と書いてみて、安という字に女がいる事に気付きます。また、勇気、勇敢、勇ましい、と書いてみて、勇という字に男がいる事に気付きます。昔の人の考えが見受けられ、それは本質的なものを突いているのではないかと思われるのです。

結婚相手を求めるのに、女性は男性に、経済力や頼りがいといったものを求め、男性は女性に、安らぎや癒しといったものを求めます。これは、いつの時代も変わっていないように思われます。という事は、昔の人が字に込めたよう、女性は「安」であり、男性は「勇」である事が、本来的に好ましいのではないかと思います。

男性は男としてのわきまえを持ち、男らしく、女性は女としてのわきまえを持って、女らしく、そして、それぞれのちがいを互いに認め生かし合いながら、限りなく人間として平等になっていく、そんな社会であって欲しいと思います。

古来より、日本では、立派な勇気ある男性を、大和魂を持つ「益荒男《ますらお》」と呼び、温和で優しく清楚な女性を「大和撫子《やまとなでしこ》」と呼びました。「益荒男」はただ強いのではなく、思いやりある、包み込むような優しさを持ち、「大和撫子」はただ優しいだけでなく、芯のある強さを秘めています。私は、これこそ、本当の男女の姿ではないかと思います。

時代が二十一世紀と進んでも、オリンピックで、男女が同じ競技で競ったりはしません。それぞれで、競います。体がちがうのですから当然です。

男女の差がなくなってきた時代だからこそ、男女のちがいをわきまえ、美しい関係であって欲しい。それが幸せな関係ではないだろうか。そんな風に私は思います。

28

日記をつける。小さな幸せさがし

私は、病弱だった事から、子供の頃から日記をつける事を習慣にしてきました。誰に言われたのでもなく、自発的に、そうせずにはいられなかったのです。息苦しい日、入院の日々を、それでも懸命に生きている自分を励ますように、ノートに思うまま、その日の事などを書いていました。そうすると、不思議と心が安らぐのでした。

大人になっても、いいえ、大人になったからこそ、日々の辛い事、苦しい事、悲しい事、淋しい事など、誰にも言えない事をノートに綴り、自分を見つめる事で、毎日を頑張ってきました。この習慣は、今も続けています。

私は、ガンで死を覚悟した時、この自分の日記を読み返してみました。すると、若かったOL時代、思い返せば本当に仕事が大変で苦しく、人間関係も孤立して淋しく辛かった、言わばこれまでの人生で一番辛かった頃のはずなのに、そこには、日々のうれしかった事、そして、これからも頑張ろう！といった前向きな事だけで、泣き言は一切書かれておらず、我ながら、その反骨精神に驚きました。そして、これを書いていたから、自分は頑張って来られたのだとわかり、自分が愛おしく思われ、ノートを抱きしめ泣きました。そこには、お隣の犬が元気になって良かったとか、母が帰りの遅い自分を駅まで迎えに来てくれて、うれしかったとか、兄の風邪が治って良かったとか、庭にヒアシンスの花が咲いて、うれしいとか、小さな幸せが書かれ、だから私は明日も大丈夫！　そう、毎日書かれていました。よくよく思い返してみたら、当時の私は、現実が辛すぎて、その日にあった辛い事が、とても書けなくて、現実逃避するみたいに、幸せさがしをして綴っていたのだと思われました。

その事に気付いて、私は尚更、それからのガン闘病の日々を、小さな幸せを見つけては、日記に書き、いつも明るい気持ちでいるよう、心がけました。

これはまた、最近の事なのですが、日記を読み返して、びっくりするような発見がありました。

平成九年（一九九七年）二月十九日（水）曇り

山田代表に同行して、「女流いけばな芸術展」の夜のパーティーで、難波《なんば》のサウスタワーホテルへ行った。嵯峨御流の辻井先生がご挨拶され、日本いけばな芸術協会の副理事長でいらっしゃるとの事。なんだか運命を感じる。

たった数行、その日の仕事の事を書いてあったのを見つけ、私は驚き、ノートを持つ手が震えました。その辻井先生とは、今、私がお世話になっている辻井ミカ先生のお父様、辻井博州先生にちがいありませんでした。その博州先生の晩年、私は数回の手ほどきも受けました。当時の私が、どうして「運命を感じる」と書いたのか、それ以上は書かれていないので、思い出せず、わかりませんが、まさに運命の糸をたぐり寄せるように、その十二年後、辻井先生に巡り逢ったのです。人生には、本当に不思議な「ご縁」があるのだと「運命」を感じます。

そんな発見も、うれしくて、私は今も、小さな幸せさがしをして、日記を日々つけています。

29
運がいいと信じきる

会社創業の神様ともあがめられている松下幸之助さんは、新入社員の面接試験で、必ず「あなたは運がいいですか?」と質問され、「はい!」と答えた人を採用し、「私はどうもいまいち運は良くなくて……」と答えた人は不採用にしていたとの逸話があります。それだけ、松下さんが、運を大切に思われていた事が窺われます。これは、大変興味深いお話です。

何を隠そう、私も運を強く信じています。何と言っても、八歳で肺炎で死にかけたのに、生きており、乳ガン、子宮ガンと大病を患ったのに、生きているのですから、運がいいったらありません。他にも、勉強しなかったのに、高校も大学も卒業できたり、願ったらソニーに就職できたり、願ったら産経新聞社の役員秘書になれ、気が付けば、大好きな花の道にいるのですから、全く強運だと自分でも思います。人からも、よく運がいいと言われます。

でも、願ったはずなのに、結婚はしていないので、それほどでも……と思いそうですが、いえいえ、ガンを告知された時、早期だと言われたので、先生に「では、いつガンはできたのですか？」と聞きましたら、「早期とは言っても、人が見つけられる程までには、十年はかかっている」と言われました。という事は、私は二十八歳あたりには、既に乳ガン、子宮ガンの小さな芽を持っていた計算になります。もし、結婚していたら、ひょっとして子供を産んでいたら、授乳したりして、乳ガンに気付かず、そのまま進行し、子供を残して、死んでしまっていたかもしれません。

私が心の声に従い、結婚に進まなかったのは、やはり、神様の采配のおかげだったと、思わずにはいられません。それに、結婚した同級生達の話を聞いていると、ちょうど今、子供が手からはなれ、自由になり、先を考えると何か生きがいが欲しいと言い、あれやこれやと習い事などを始めているようです。ですが、私はガンになったおかげで、人より早く華道という生きがいを見つけ、もうだいぶその道を進んでいます。

五十になって、小説も書くようになり、アッという間に、《愛の三部作》を出版しました。それにより、新聞に掲載して頂いたり、ラジオの番組にゲストとして呼んで頂いたりもしました。これらは、何もかも、人から頂いた「ご縁」のおかげですが、思えば、私は本当に運がいいです。この秘訣はというと、いたって簡単です。自分は運がいいと信じきる事です。それだけです。こんな私の周りはというと、私の親しい人も、やはり類は類を呼ぶのか、運のいいツイテル人ばかりのような気がします。なので、運は伝染するのではないかと、思ったりしています。

皆さんも、根拠なんてなくていいですから、是非、自分は運がいいと信じきって下さい。きっと明るく幸せに生きて頂けると私は強く思っています。

30 ネガティブでもいい。ありのままに

先に書いた事と矛盾するようですが、私はネガティブを否定しません。むしろ、あって当然だと思っています。笑顔を心がけている私ですが、一人で泣く事はよ

くあります。よく自己啓発で、ポジティブである事が奨励されており、ネガティブになってはいけないように思われている方もいるかもしれませんが、私の五十三年の経験から言わせて頂くと、どんな感情であれ、ありのままに感じる事はとても大事です。

人生には、うれしい事よりも、苦しい事、辛い事、悲しい事、淋しい事などの方が多いと思われるくらいです。過ごしやすい春や秋が、アッという間に過ぎるのに対し、寒い冬や、暑い夏が長く感じられるのと同じではないかと思います。その、苦しかったり、辛い時、疲れてどうしようもない時、誰だって「人生なんて、もう嫌だ」とネガティブになります。それは仕方のない事です。

大変な人気を博したアニメーション映画『アナと雪の女王』の主題歌でも歌われているように、「ありのままで」いる事が、とても大事なのです。でも、人は意外と、ありのままになれないものです。それは、弱い自分を認めたくなかったり、淋しい自分を受け止めきれなかったりして、知らぬ間に、自分の感情に蓋をし、平気なふりをしてしまう事があるからです。

私の場合、喘息の発作が起きたり、うつ病からくる過換気発作が起こる事がありますが、そんな時は、どうしてもネガティブになります。そんな時に、明日は元気になってやる！とか、無理にポジティブを装ったら、大変な事になります。症状が悪化して、余計に長患いする事になりかねません。

そんな時は、（私は今、とても苦しい！）と、認めてしまう事です。そして、（苦しいよ。苦しいよ）と言う自分を、しっかりと抱きしめてあげるのです。泣きたければ、思いっきり泣けばいいのです。すると、驚くほどスッキリします。

また、私は、ガンの前に、失声症を起こしてから、これが喉の癖のようになってしまい、何か無理をしたり、ストレスがかかると、声が出なくなるのです。これには今でも大変困っています。何しろ、話すというコミュニケーションがとれなくなるので、電話がかけられませんし、人に会ってもどうしようもありません。

しかし、カウンセリングの先生は言われました。

「声が出なくなるのは、あなたにとって、疲れてるよっていうサインだから、そういう時は、ゆっくり休みなさい」

この言葉を受け入れてから、本当に楽になりました。声も出ないダメな自分を、ダメだなっと認めて、休ませてあげます。どうしても出かけなければならない時は、紙とペンを持ち歩き、買い物をするにも、タクシーに乗るにも、書いて見せて頼みます。やってみると、どうって事なく、何とかなるものです。

だから、ネガティブであっても、ありのままで大丈夫です。

31

試練の中で、奇跡を起こす

子宮ガンの手術後、五年の経過観察も無事に過ぎようとし、四十代も終わりの私は、安堵して過ごしていました。喉元過ぎれば熱さを忘れると言われるように、そんな油断していた時、突然また試練に見舞われました。

八十歳になったばかりの母が、夏のある晩、急に頭から首の激痛を訴え、倒れたのです。慌てて救急車を呼び、意識のない母を病院へ運んでもらいました。検査の結果、先生は「くも膜下出血です。これから緊急手術をします」と言われました。信じられない青天の霹靂で、頭を殴られたようなショックを受けました。母はすぐ、手術室へ運ばれて行きました。くも膜下出血という病気の知識もなく、ただ大変な事が起こったと理解し、夜中で静まった病院の待合室で、手術の無事を祈り、待ちました。

夜明け前、手術が終わり、先生から「手術は成功しました」と聞かされ、ホッとしました。しかし、そのあとの説明は、恐ろしいものでした。「脳のダメージが重いので、意識が戻るか、あるいは、このままか……。これから二、三週間が山です。手術後の脳内は不安定なので、血管が萎縮しやすく、脳血管攣縮《れんしゅく》を起こす事があります。そうなると、命も危ないですし、助かっても、障害や麻痺がでて、後遺症が残る事があります。ご高齢ですし、とにかく、まだ危険な状態ですので、三週間は安静にして、検査で経過を見守ります」と言われました。集中治療室（ICU）へ、母に会いに行くと、酸素マスクをつけて、頭に包帯を巻き、意識のない母が、手術が痛かったのか、目に涙を溜めてベッドにいました。オムツなどを買って来るよう言われたので、一旦家に帰りました。

少し仮眠して、午後にまた母を見に行きましたが、意識は戻っていませんでした。つい昨日まで元気だったのに！　このまま意識が戻らなかったり、死んでしまったりする事があるなんて！　どうしたらいいんだろう！　うつろな母の目を見つめ、悲嘆に暮れました。ICUの面会時間は限られているので、また廊下へ出て、時間を待ち、夕方、またICUに入りました。両手を拘束されて、点滴を受けている意識のない母を見て、涙がでました。時間になって追い出され、帰りの電車の中で考えました。

これまで、私はガンを奇跡的に助かりました。それというのも、私自身だけでなく、家族皆が祈ってくれたおかげにちがいありません。今度は、私が母のために祈る！　でも、昨日からずっと祈っているけれど、母の意識は戻っていない。これは、普通の祈りでは無理だ！と感じました。だけど、絶対に救う！と決意しました。私は自分の心の中を探りました。そして、もう子供が産めない体だけれど、最近は四十代、五十代で結婚する人もいるようなので、いい人がいたら、結婚したい……と、まだ淡い乙女心が残っているのに気付きました。そして、すぐ、これは不必要な願望だ！と思いました。まだ見もしない人との将来を夢想するより、現実に目の前にいる、かけがえのない大切な母を救いたい！　私は、神様にこう祈りました。

神様。いつも助けて頂き、ありがとうございます。今度は、母を助けて下さい。心からお願いします。これまで私は、将来結婚したいと望んでいました。ですが、もう一切望みません。私に結婚運が残っているなら、そんなものはいりませんから、その運を全部使って、代わりに母を助けて下さい。命はもちろん、後遺症のない完全な母にして返して下さい。お願いします。

私は、それから毎日、この事を一心に祈り続けました。

実を言うと、私は、いけばなを始めたのと同時期に、将来に夢を持ちたいと思い、相手もいないのに、可笑しいですけれど、こっそり、シンプルなウェディングドレスを買い、クローゼットに掛けて、時々見て暮らしていました。ですが、神様にお願いをし、誓ったその日に、そのドレスを畳んで、箱に仕舞い込みました。

二日後に行くと、母は私を見てくれました。ほんのわずかな間、意識が戻ったように見えました。でも、話す事もできないまま、また目を閉じてしまいました。

四日後に行くと、先生が「今日から食事をとってもらいます。私の経験からですが、食べられるようになった人は快復されました」と言われました。母は、やっと体を起こせるようになっていましたが、ぼんやりとしていて、自発的に食べられそうには見えませんでした。案の定、お粥が運ばれてきても、食べようとしませんでした。私はスプーンで食べさせようとしましたが、母は一口も食べてくれません。その時、ハッと思いつきました。母はアイスクリームが大好きでした。アイスクリームなら食べてくれるにちがいない！　私は病院の売店でアイスクリームを買い、母の口へスプーンで運びました。母は食べてくれました。「あーん」と私が言うと、「あーん」と口を開けてくれ、アイスクリームを全部食べてくれました。

それから毎日、一日二回の面会の時に、母にアイスクリームを食べさせました。それしか食べてくませんでしたが、それでも、栄養がついてきて、母はしっかりしてきました。

一ヶ月後、転院し、リハビリを始めると、意識がハッキリしてきて、受け答えができるようになってきました。車椅子だったのが、自分で歩けるようになっていきました。

リハビリ一ヶ月後、母は完全復活しました。先生方は皆「高齢でこんなに快復した患者は初めてだ！　奇跡だ！」と言われました。

母が退院し帰宅してすぐ、私は、袖を通した事もないウェディングドレスを、ある教会へ、そこでご結婚される花嫁さんに使って下さいと、寄付しました。

私は、何かを引き替えにして一心に祈れば、奇跡は起こせるのだと、強く確信しました。

32

幸せな気付き。神様からのプレゼント

元気になった母ですが、だんだん耳が遠くなってきて、家族の会話を聞き返す事が多くなりました。そんな母に、私は、通販で見つけた耳の中に入れられる小さな補聴器を買ってあげました。でも、それを耳に入れるなり、母は異物感が嫌だと、すぐ外してしまいました。あぁ、役に立たなかったか……と、私は落胆し

ました。

　すると、父が「お前の左耳に入れてみろ」と言いました。私は、えっ?と思いましたが、言われたように、聞こえない左耳に補聴器を入れてみました。音量調節をグッと上げていきました。その途端、私はびっくりしました。周りの音がよく聞こえました!　私は信じられませんでした。それまで、右耳だけで聞いていたのが、両耳から周りの音が入ってきて、まるで世界が急に輝いたように思え、うれしくて涙がでました。

　私の左耳は、全く聞こえていなかったわけではなく、小さくしか聞こえていなかった。音を拡張してやれば、ちゃんと聞こえるのだ!という事に気付きました。恐らく、右耳が聞こえているので、耳鼻科の先生は、補聴器の事を何も言われなかったのだと思われました。

　四十九歳にして、長らく知らなかったステレオの世界が戻ってきました。音楽が好きな私は、うれしくて、ステレオで、好きなクラシック音楽を一日中聴きました。そして、コンサートへ幾つも行って、その臨場感に感動し、はた目も気にせず、うれし涙を流しました。

父も母も喜んでくれました。母のためにと思ってした親孝行のプレゼントが、思いがけない事に、自分への最高のプレゼントになりました。母は相変わらず、聞き返しての会話ですが、自分では全く不便に思っていないようで、今も補聴器を使っていません。

私は、毎日その補聴器を使って、幸せになりました。でも、なぜ、これまで、気付かなかったのか！と、残念にも思われました。左耳が不自由なせいで、秘書時代、仕事で電話交渉が多いのに、右耳でしか受話器をとれず、ペンを右手で持ちメモするので、左手で右耳に受話器を持ち、手をクロスして、大変やり辛い状態で仕事をしていました。上司が電話中に指示を言っても、空いている左耳が聞こえないので、その度に、受話器を離し、電話の相手に待ってもらい、また受話器を持って話すという独自の方法で、仕事をこなしていました。本当に不便でした。

ともあれ、母に補聴器を買ってあげなかったら、母がいらないと言わなかったら、父が入れてみろと言わなかったら、この素晴らしい気付きは起きなかったわけです。私は、この奇跡のような幸せな気付きを、神様からのプレゼントだと思い、感謝しました。

人生では、いつ、何をきっかけに、どんな気付きがあるか、本当にわからないものです。神様からの幸せな気付きを受け取れるよう、いつも心を澄ましていなければと思います。

33 こだわらない。般若心経の教え

私は、嵯峨御流のいけばなをするようになり、お家元の大覚寺へ通うようにな

りました。大覚寺では、お花を習う講義の前に、必ず皆で合掌し、般若心経を合唱します。何度も唱えているうちに、覚えてしまい、今では目をつぶっていても、唱えられます。

大覚寺のお坊さんが、この般若心経について教えて下さいました。

「般若心経は、宗派を問わず、どの宗派でも唱えられる有り難いお経です。しかも、一番短いお経です。色即是空、空即是色……と唱える内容を説明すると、一言で言って、これは、何事にも、こだわるな、という教えです。人はとかく何にでもこだわりを持つものですが、そういうものを一切捨てなさい、という事です」と、言われました。

般若心経については、沢山の本が出ていて、難しい解説が書かれてありますが、これを聴いてから、私は「こだわらない」それが大事なのだと、易しく理解しました。

確かに、人はよくこだわります。車のナンバーに4があったら嫌だとか、数字にこだわったりもします。でも、ものは考えようで、4（四）を死と連想するから嫌なのであり、四を「し」あわせと連想すれば、幸せに思えます。キリスト教の影響で、十三を忌み嫌う人もいますが、仏教では、十三仏がいらっしゃり、十三仏信仰があるくらい、有り難いものです。

また、病弱な私などが思うのですが、世間では健康に関心が高く、どこでも、かしこでも、サプリメントの広告を見ない日はありません。皆、きっと私よりはずっと健康なはずなのに、どこが気に入らないのだろうと、不思議で仕方ありません。玄米がいいと聞けば、玄米食にし、テレビでチョコレートがいいと言えば、翌日にスーパーのチョコレートが全部なくなるなど、本当に凄まじいものを感じます。

顔がみんなちがうように、体も一人一人みんなちがうはずです。それを十把一絡げに、同じように考えるのは、大変こだわった考え方だと思います。

私は五十三歳ですが、体型が若い頃と変わりません。それを、人からよく羨ましがられますが、これは自分に合った健康管理の努力をしているからです。というのは、抗うつ薬は太る副作用があり、長らくうつ病で、その薬を飲んでいる私も、常に太りやすい状態にあるわけです。ですが、少しでも太り気味になると、喘息のせいで、少し動いても息切れがし、苦しくなります。なので、私は普段から摂生した食べ方をしています。といっても、食べ物は全くこだわりません。何でも頂きます。ただ、食べる量を日々調節し、理想の体重をキープしているまでです。

こんなストイックな生活が長いせいか、自然と体がお肉を欲しなくなり、食べなくなりました。お付き合いの外食の時は頂きます。

最近、長生きするには、お肉を食べるのがいいと聞きますが、私は自分の体の声を信じ、長生きにこだわらない事にしています。

こだわらない生き方は、大変自由で、幸せな事だと、私は思っています。

34

足るを知る。心配しない

最近の報道で、五十代の私達世代が、老後のために必要な蓄えは、一人、最低一千万円だとか出ていました。人生百年時代になって、先の心配が増えたようで、何が幸せなのか、わからなくなります。

私は基本的に、先の心配はあまりしません。何といっても、ガンで死ぬところだったのですから、先の事を心配する常識的な考え方は、吹き飛んで無くなりました。自分に老後があるのかどうかも、わからないのが人生です。私は毎日、ケ・セラ・セラ♪です。

今日が無事であれば、それで充分です。全体的に豊かな日本で、今日明日を食べるのに困っている人は、そんなにはないと思います。なのに、過剰に先の心配をして、今の幸せに気付かずにいるのは、もったいない事です。

心配は、今のままでは足りないと思う不足の思いになり、不平不満が心にでます。これは、幸せからは、ほど遠い心です。

お金の問題だけではありません。恋人や配偶者が欲しい。夫に出世して欲しい。今より綺麗になりたい。子供にいい学校に入って欲しい。欲にはキリがなく、いつまでたっても不足の思いにとらわれます。そんな事より、今あるものに、心を向けてみると、自分がどんなに恵まれているか、わかるはずです。

私であれば、四十九歳にして、両耳が聞こえるようになりました。聴力を失った時には、子供ながらに、（本で読んだヘレン・ケラーに比べれば、片耳だけでも聞こえて私は幸せだ）と、自分に言い聞かせていたのが、突然、まるで夢のように、聞こえるようになりました。朝は窓の外から小鳥のさえずりが、よく聞こえますし、出かけると街の雑踏さえも美しい音色を聞くみたいに新鮮で、世界にはこんなに音があったのか！と、本当に幸せに思います。目はずっと見えるおかげで、本も読めますし、字も書けます。いけばなだって、目が見えるおかげで楽しめます。本当に幸せな事です。若い頃、痛くて辛かった足裏の炎症も治り、痛みなく自分の足で歩ける幸せ！　手がある事。美味しく食べられる事。数えだしたらキリがなく、どんなに自分が幸せか！と気付かされます。

何より、今、生きている！　なんて素晴らしい事でしょう！　ですから、皆さんも、何か不足を感じたら、ご自分の持っているものを数えてみて下さい。きっと、いっぱいある幸せに気付き、明日の心配など消えてしまいます。

35

比べない。自分は自分

私は、自分では全く無頓着なのですが、人からよく美人のように言われます。だから、いい就職ができたのだと、やっかまれました。でも、これを読んで下さった方々は、私が普通では考えられない、不屈の根性で職にありつけた事を、よくわかって頂けていると思います。そもそも、自分のためではなく、家計のために働いたのです。

新聞社で役員秘書をしていた頃、嫉妬からでしょうか、ずいぶん辛い目に遭いました。でも、ソニーでショールームアテンダントをした私は、世の中には、自分より綺麗な人がいっぱいいる事を知っています。私くらいで、なぜ、こんなに妬まれるのかと思いました。

私こそ、健康な人を羨ましいと嫉妬しそうな人生ですが、おかげさまで、そんな惨めな気持ちになった事は一度もありません。そんなつまらない気持ちになる暇などなく、いつも一生懸命に生きてきました。おかげで、今は本当に幸せです。

人に嫉妬する心は、自分を貶めるだけです。気の毒な人生です。人と自分を比べない事です。誰にでも、その人だけの魅力があります。気になる人がいたら、嫉妬ではなく、憧れの気持ちを持って、自分も近づこうと努力する事です。誰にも負けない笑顔の練習をして、明るい毎日を送りましょう。そうでないと、人生、本当にもったいないないです。健康な事に感謝しましょう。

人は人。自分は自分です。薔薇は薔薇の花を咲かせ、百合は百合の花を咲かせます。菜の花もそうです。菜の花が、薔薇を羨んだりするでしょうか？　皆それぞれに美しく、皆ちがうから素晴らしいのです。花は、それぞれに美しく、競ったりせず、同じ庭に微笑み合って共存します。

人生は一度きりです。その人生で、「ご縁」を頂いた自分を、世界で一番好きにならずに、どうやって幸せになれるでしょうか？　自分を人と比べるのは、全くナンセンスです。かけがえのないあなたは、あなただから素晴らしいのです。あなたにしかない良さ、才能、まだ見つけていない可能性、これから呼び込むチャンス。生きてさえいれば、いくらでも何だってできるのです。

考えてみて下さい。この世界には、紛争があり、テロがあります。この平和な国、日本に生まれただけでも幸せです。その日本でも、七十五年前に生まれていたら、戦争の時代です。「今」この国に生まれた有り難い奇跡に気付いて下さい。

自信のある人は、どうぞ、そのまま進んで下さい。自信のない人は、今すぐ自信を持って下さい。自信というものは、持つ！と決めた瞬間から湧き上がってくるものです。

あなただけの素晴らしいオリジナルな人生を、どうか、思いっきり輝かせて、生きて下さい。

36

好奇心を持って、素敵に生きる

何度も書いていますが、私は今、五十三歳です。これを若いと思うか、年を食っていると思われるか、人それぞれの価値観でちがってくると思います。

私自身の感想は、まずは、よく長生きできたなぁという感慨深い感謝の思いがあります。それから、ハッキリと人生これからだな！と思っています。

アラサー、アラフォー、アラフィフなどと呼ばれる現象は、年齢を意識しすぎているように、私は思います。最近はこれに加え、ミドサー、アラカンなどもあるそうですが、人をそんな風に年齢でくくっていいのでしょうか？

人は本当に色々で、人それぞれで様々な人生です。年相応に立派な人もいれば、そうでない人もおり、また、若くても凄く人間のできている人や、それなりの人など、年齢で人の中身は計れない気がします。

でも、幾つであっても、男性であっても、女性であっても、誰もが、魅力的で、素敵に生きたいと思っているはずです。素敵な生き方とは、どんなものでしょうか？

それは、常に好奇心を持って、何でも学び、何でもチャレンジする前向きな心を持っている事だと私は思います。無邪気な子供は光り輝いています。何を見ても知っても、楽しみ、夢中になります。幾つになっても持っていたいのが、まさに、この素直な視点から生まれる好奇心です。

この世界には、知らない事がいっぱいあります。どんなに偉い学者の先生でも、たった一度の人生で、この世界の全てを知る事はできないでしょう。それくらい、この世界は謎に満ちています。

偉大な哲学者ソクラテスは「無知の知」を説きました。無知を自覚してこそ、真の認識に至る事ができます。

つい先日、アメリカの国防総省が、UFOの映像を公開し、この未確認飛行物体の存在を明らかにしました。そう遠くない未来に、未知との遭遇があるかもしれません。

先にも書いてきましたように、私の進む華道も一生が学びです。知らない事を、知っていくのは、それが何であれ、ワクワクドキドキする冒険です。この心をなくした時、人は進歩できなくなるのだと思います

好奇心の旺盛な人は、年齢に関係なく、キラキラと輝いています。本を読むも

よし、映画を観るのもよし、旅をするもよし、何でも興味の赴くままに行動する事です。

そして、大事な事は、誰にも迷惑をかけず、そうやって学ぶ中で、自分の世界を創っていく事だと思います。なぜなら、あなたは、この人生の主人公なのですから。

37

三密（身《しん》・口《く》・意《い》）について

新型コロナウイルス感染症の蔓延を防ぐべく、三密を避けるよう言われています。皆さん、ご承知の通り、密閉・密集・密接の事ですが、仏教に通じた人なら、（おや？）と思われたのではないでしょうか？

かくいう私も、大覚寺で華道の称号を授かり、袈裟を授かった、いわば仏道に帰依した者ですので、（おや、まぁ！）と思いました。

三密とは、仏教の世界で、身・口・意の事をさします。ここで、身・口・意について、解説させて頂きたいと思います。

まず、身とは、体のする事、つまり行動の事をさします。口とは、その字の通り、口から出る言葉の事をさします。意とは、思っている事、心や意識の事をさします。これらの意味するところは何かというと、この三つを一致させれば、あらゆる願いが叶うとされ、密教の修行となっているのです。密教では、「身・口・意の一致で、宝の蔵は開かれる」と言われています。

つまり、行動と、言っている事と、思っている事を一致させれば、何でも叶うという事です。これが、なかなかできないから、修行とされているわけです。

昨今、流行りの引き寄せの法則も、これと全く同じ理論です。やりたい事や、なりたい願望を、言葉に発して、そのように行動し、思い（潜在意識）を強くすれば、何でも叶う。これは、仏教が古くから言っている事なのです。修行ですから、身を慎み、言葉を慎み、邪心を抱かない綺麗な心を持つ事を、芯とした教えです。

この自粛生活の中で、三密、三密、三密……と、繰り返し聞かされ、私は、ついい、仏教の教えに心がフォーカスされ、行動を慎み（出かけない）、口を慎み（ちゃんとマスクをする）、思いを律する（一日も早い収束を祈る）と、解釈し、日々精進と思い、過ごしています。こう言っている今にも、緊急事態宣言は全面解除に向かっているようで、やはり、三密を守るって、凄い事だなと思っています。

緊急事態宣言が解除されたとしても、第二波、第三波が心配されていますし、まだ特効薬もワクチンもありませんので、密閉・密集・密接に、気を付けるのは勿論ですが、これを機会に、仏教の三密の教えについて、考えてみるのも、いいのではないかと思います。

38

愛に溢れて。感謝の心

生死の境をさまよってきて、つくづく思われるのは、生きているって、本当に幸せな事だなぁという気持ちです。そして、生きているとは、大きな見えない力に、生かされているのであり、その事を日々感謝したいと思います。

私達人間は、花とちがって、他の生物の命を頂いて、生きています。魚や牛や豚や鶏などの、大切な命を頂いて、生かして頂いているのです。

私は、感謝という言葉を見て、謝るを感ずる心だと思いました。魚や肉を頂くのは、それらの命に対して、「ごめんなさい」という気持ちを持って、「ありがとうございます。頂きます」と言うのが、本当の感謝ではないかと思われます。

華道もそうです。花の命を頂いて、生活にゆとりを持たせて頂くのです。本当に感謝しなければなりません。嵯峨御流では、この心を大切にする意味で、華供養写経をさせて頂いています。先にお話しました般若心経を、感謝の心を込めて、一字一字、写経するのです。

そして、こんなにも有り難い命を、生きられる素晴らしさに感謝したなら、それを、愛として、世の中に還元しなければならないと思います。愛とは、仏教的には、慈悲とも言えますが、生きとし生けるもの全てを愛おしみ、自然に感謝し、自然を大切にする事が、大事だと思います。

また、袖振り合うも多生の縁で、出会った人とは、和顔愛語を心がけ、慈しみ合いたいものです。自分を愛し、人を愛し、助け合い、ゆずり合い、思いやり合えたら、どんなに毎日が、明るく、楽しく、幸せな事でしょうか。

幸せになるのを待つのではなく、自分から働きかけ、愛の実践を起こしましょう。そうすれば、人から愛され、生きる歓びが得られます。

人は一人では生きられません。誰もがいう事ですが、互いに支え合って生きているのです。家族にせよ、恋人にせよ、友達にせよ、互いを敬い認め合って、愛し合う事です。愛ある心からは、美しい光が放たれます。それこそ、命そのものです。皆で手と手をとり合って、愛の輪を広げましょう。

一人一人が愛の心を持てば、世界中が愛で満ちるのです。

39

何があっても、諦めない

人生は旅だと言いました。苦しく辛い時もあり、悲しみに暮れる事もあるでしょう。けれど、その苦しみ悲しみの先には、必ず愛と光があります。今苦しい人は、信じられないかもしれませんが、これは本当です。

ただし、そのためには、守らねばならない事があります。難しい事ではありません。何があっても、どんな悪状況であっても、決して諦めない事です。誰もが、幸せになる権利を持っています。それを放棄してはいけません。どんな事があっても、諦めず、自分の内面をしっかりと見つめるのです。幸せでない事を、環境や他人のせいにしていては、幸せにはなれません。

人生は、時々ジェットコースターみたいに、真っさかさまに落ちる時がありま す。とても怖いです。でも安心して下さい。ジェットコースターだという事を思い出して下さい。落ちたら、その勢いで、上がっていくしかないのです。落ちてこそ上がれます。

幸せとは、自分を愛し、人を愛し、明るく、楽しく、前向きに、毎日を生きる事です。今日からすぐにできます。

お金持ちである事や、健康である事や、何かに成功している事が、幸せではありません。お金持ちでも、健康でも、成功していても、不幸せに感じている人はいます。人から見られる価値観で、幸せを追っていては、いつまでたっても幸せにはなれません。あなたが幸せだと、心の底から思える、それこそが幸せなのです。

慌てず、焦らず、落ち着いて、小さな事から始めて下さい。大丈夫です。心に愛をしっかりと持ってさえいれば、あなたは、いつでも幸せを感じられるはずです。毎朝、道で会う人がいたら、「おはようございます！」と自分から、挨拶して下さい。知らない人だってかまいません。むしろ、知らない人であったら尚、素晴らしい事です。その人に、挨拶を投げかけた、あなたの行為は、その人に愛を送ったのです。見ず知らずの人に挨拶された人は、一瞬驚くかもしれませんが、通り過ぎたあと、心がポッとあたたかくなり、うれしく感じるはずです。

その時、あなたは、未来の自分の幸せ通帳に、貯金した事になります。そうやって、人に愛を惜しみなく与え続けていくうちに、あなたの通帳は、幸せの貯金でいっぱいになります。そして、ある日、突然、その通帳から、あなたに愛が降りそそいできます。全く思いもよらない形でギフトを受け取る日が、必ず来ます。

あなたは、やむことなく降りそそぐ愛を受け取り、うれし涙を流すでしょう。そしてハッキリと理解されます。幸せに生きるとは、自分がどれだけの人を幸せにできたかという事にこそ、真実があるという事を。

あなたは愛に満たされ、更に愛をふりまく人となるでしょう。苦労と忍耐の中で、コツコツと、愛の実践を続けたなら、人生の道が光で照らされ、そこを歩く自分も光り輝いている事に、満足するでしょう。

どうぞ、自信を持って、ご自分の素晴らしい旅を楽しんで下さい。

エピローグ

皆さんに、今すぐ幸せになって頂きたくて、思いのたけを書かせて頂きました。私の半生を振り返り、思うままに書きましたが、独擅場になっていたと思われたなら、お許し下さい。こんな人生もあるのかと、一つの参考にして頂ければ幸いです。

新型コロナウイルス感染症対策で、自粛の毎日ですが、そっと街に出て散歩してみたら、街路樹の花水木が、綺麗に咲いていました。この花は、どれも真っすぐ上を向いて咲いています。清らかな白い花、ちょっと恥ずかしそうに頬を染めたピンク色の花、みんなお日様に向かって、元気よく咲いています。ですが、夜になれば、夜露にぬれる事でしょう。夜露の冷たさにも負けず、そんな事などなかったように、昼間、私達を楽しませてくれています。この花に、まぎれもない愛を感じ、幸せに帰宅しました。

家で過ごす、この日々に、私は、何人かの友人から、メールではなく、心のこもったお手紙と贈り物を頂きました。それは、先月の四月七日、緊急事態宣言が発令された日に出版された、私の三作目の小説『追憶の光』の拙著を送った事に対する御祝いでした。

手洗いばかりする毎日を気遣って、ハンドクリームを贈って下さった方や、初夏にサッパリと味わえる水菓子を贈って下さった方や、これも初夏を涼やかに喉ごしサッパリ味わえるグリーンティーを贈って下さった方や、ご自宅のお庭になったという八朔の実を、箱いっぱいに贈って下さった方など、みんな心尽くしの品々で、本当に有り難く、うれしく、心が幸せでいっぱいになりました。

そして、こんなにして頂くほどに、自分はみんなに心を尽くせているだろうか？と、省みられ、これからしっかり、愛をお返ししていきたいと、しみじみ思いました。

本文に登場した両親も高齢になり、今は要介護の身です。父は歩けなくなり、もう私ではどうする事もできなくなり、様々に葛藤しましたが、この三月に施設へ入所してもらいました。昔とちがい、プロの介護に頼れる時代で、病弱な私などは、つくづく有り難い事と感謝しています。

また、最近、私自身が、昨年末の入院時に、CT検査で肺に影が写り、ガンの疑いがありましたが、色々調べて頂いた結果、肺非結核性抗酸菌症という、一生つき合う厄介な病気とわかり、毎日の薬が増えました。喘息、うつ病、頸椎症、腰椎すべり症、逆流性食道炎……そこに、また病気が一つ増えましたが、ガンでなかった事に深く感謝し、一病息災ならぬ、多病息災といきたいものと思っています。

思い返せば、いつも、その時その時を、精一杯、抱きしめて、生きてきました。人生を河の流れにたとえる人は多くあり、私もそう思う一人です。海という字には、母がいます。この人生は、止まる事なく流れ続け、母なる海へと還る旅です。

以前、インドのガンジス河へ訪れた時、その大きな河の流れに圧倒され、昇ってくる太陽の輝きに感動し、ここから生き直そうと思った自分を思い出します。

あれから七年になり、私は、自分でも思いがけない事に、作家として、新しい人生を歩み始めています。二〇一八年に処女作『薔薇のノクターン』を、二〇一九年に『愛』を、そして今年『追憶の光』と、《愛の三部作》を世に送り出しました。

まだまだ駆け出しの作家ではありますが、読者の皆さんへの思いは熱く、この世界を愛で満たしたい情熱だけを胸に持ち、この三年、走り続けてきました。

生きとし生けるもの全てが、大きな見えない力に生かされて、生きています。私自身が、目には見えない、その大きな力に救われた体験を書きましたが、それは、この世界に、あまねく広がっている大いなる愛だと思います。この世界は、大いなる愛で創られているのです。だから、人も、心を愛で満たせば、大いなる愛と同調し、幸せに生きられます。逆に、心の軸が、愛から離れると、苦しみを感じます。

愛は、目には見えませんが、感じる事は、誰にもできます。わかりやすい例えで言うと、風も目には見えませんが、感じる事はできます。空を見あげると、雲が流れており、木々を見ると、青葉が揺れています。風があるからです。変幻自在な風は、いつも、私達の周りを、軽やかに吹いています。

人の心に、優しいそよ風を吹かせるように、爽やかに生き、広大無辺な愛の力を受けとり、感謝して生きたいものです。

この度、幸せについて書かせて頂き、私自身、もっと愛を発信したい！と強く思いました。命ある限り、心に愛の灯火《ともしび》を灯《とも》し続けて、生きたいと思っています。皆さんが、元気で明るく、生きがいある幸せな人生でありますように、願い、祈りつつ、ペンを置きます。

最後までお読み頂き、本当にありがとうございました。

二〇二〇年五月十八日

高見純代

ここに、私が産経新聞社に勤めていた時、執筆し、夕刊の一面に掲載されたエッセイ『あした元気にな〜れ』より、幸せになれる四十篇を抜粋して、お届けします。何かホッコリして頂けましたら、作者として幸いです。

EXTRA

あした元気にな〜れ

産経新聞　関西版　夕刊一面　エッセイ

高見純代

鼓

心に響く音だった。学生のころ、初めてみた能舞台で鼓（つづみ）の音に魅了された。天上からの啓示をきいているような安らぎを覚えたのだ。

社会人になってからも、鼓の音は私の心の中で消えずに鳴り続けた。五年目、ヴァンサンカンをすぎてからの再就職がかない、最初のボーナスで鼓を買った。社内の大先輩が鼓を習っていることを知り、先生を紹介してもらった。

月二回、退社後に稽古に通い始めて三カ月。かけ声、間の取り方が難しく、音色もまだ定まらない。でも、その音は、心の中で鳴っていた音と共鳴する。心地よい解放感にひたりながら、いま私は春の鼓を打つ。


（一九九四年四月八日）

ルージュの贈り物

二年前の入院仲間と再会した。そのころ、彼女は音楽大学をめざす高校生だった。病棟の隣のカーテンの向こうで、九時の消灯のあともスタンドをともし、懸命に紙の鍵盤を弾いていた。

念願の道に進んだ彼女は、キラキラと輝いていた。いま練習中だというピアノの楽譜を前に夢を語り、別れぎわ小さな包みを差し出した。なんとルージュである。「入院中、早くお化粧がしたいといっていたあなたの気持ちが、今はわかります」。あどけなさの残る表情を、せいいっぱい大人びさせていう。

思いがけないプレゼント。思いがけない言葉。こんどは彼女が弾くピアノを聴かせてもらおう。

（一九九四年五月三十一日）

指揮者になる夢

休日の午後に開かれたオーケストラによるクラシック・コンサート。プログラムの途中で観客による指揮コーナーがあり、希望者三人が舞台へ上がった。その三人の顔ぶれをみて、びっくり。音楽好きの仲間の一人が、その中にいたからだ。司会者に促されると、彼は厳かにオーケストラの前に進み出、うやうやしくタクトを振った。曲はベートーヴェンの交響曲『田園』。もっとも、ほんのさわりの数小節だけで出番は終わってしまったけれど。

帰途、声をかけた。「中学生の頃から、オーケストラを指揮するのが夢だったんだ」と彼はいった。照れながらだったが、その瞳は輝いていた。

（一九九四年九月二十日）

枯れ葉のダンス

バーゲンセールの買い物をした帰り道、家まであとひと坂というところでため息が出た。ちょっと休憩をと、公園のベンチに腰かけた。

秋はもう終わりで、人気はない。ササッと肩にさわる感触に驚いて振り向くと、風に枯れ葉がバラバラと舞い落ちている。ホッとしてしばらく眺めていると、大好きな谷内六郎の絵の情景が浮かんできた。その絵は、枯れ葉が風に吹かれてクルクル舞うさまをバレリーナに見立てて描いていた。枯れ葉は色とりどりのドレスを着た踊り子だ。イチョウの葉は黄色のスカートを広げてうれしそうに舞っている。

風がすこし強くなったなかを、私はえりを立て、荷物をかかえ、ちょっとスキップをしながら坂道をのぼった。

（一九九七年十二月五日）

カリン酒

暖かい日が続いたあと、とつぜん寒波がやってくるというのが何回か繰り返しているうちに、とうとうカゼを引いてしまった。夜おそく、せきこんでいると、母がいつもの温かい特効薬をすすめてくれた。

彼女は庭で実のなる木を育て、果実酒を作るのを趣味にしている。梅、ザクロ、グミ、山桃、そしてカリン。だれかがノドをやられると、だまってカリン酒を温め、飲ませようとする。いわれるままに口に含むと甘い香りが広がって、いかにも効くような気がしてくる。

庭ではカリンの木が、たわわに実をつけている。あの実もやがて母の手でカリン酒になり、来年のわが家の常備薬になるのだろう。今年の冬は母を真似て自分で漬けてみようかな、と思う。

（一九九七年十二月十二日）

月光のソナタ

昔、ピアノを習っていた。いまはめったにピアノの前にすわらないが、昨夜は冷えきった夜空にひときわ月が美しく、ふとベートーヴェンの月光のソナタが弾きたくなった。

しばらくご無沙汰していたピアノのふたをあける。一楽章の初めの方はなんとかなった。だが、たちまちつっかえた。「やっぱりダメか」と思いながら、この曲を練習していた頃のことを思い出した。練習仲間に月光のソナタを素敵に弾きこなす男の子がいた。なのに私は、なぜか「この曲だけは上手になりたくない」と心に誓った。いまから思えば、私はその男の子が好きだったのだと思う。

そのときの遅れはもう取り戻せないが、私は久しぶりに、ムキになって練習した。

（一九九七年十二月十九日）

十一羽のアヒル

わが家から駅まで、川沿いの堤防の上の小道を歩く。その川辺には十一羽のアヒルが暮らしている。道を歩きながら、私はいつもアヒルたちを目で追い、「ひとつ、ふたつ、みっつ……」と、数をかぞえる。「ここのつ、とお、じゅういち」までくると、ホッとして「さあ、やるぞ」という気分になる。

この数かぞえが「じゅう」でストップしてしまったのは、半年ほど前のことだった。いったいどうしたのだろう。一羽だけどこかへ行ってしまったのだろうか。毎朝、祈るような気持ちでかぞえたのを覚えている。十日ほどして、もとの十一羽に戻っているのを知ったときのうれしさといったらなかった。

冬枯れの冷たい水のなかを悠々と泳ぐアヒルたちは、私の朝の活力源だ。

（一九九八年一月七日）

バク

「あっ」と叫びそうになって目が覚めた。怖い夢を見ていたのだが、いったい何がそんなに怖かったのか、とんと思い出せない。そこで、気づく。「そうか。バクが怖い夢を食べてしまったんだ」

子供のころ、動物園で初めてバクを見た。のんびりとした風貌に見入っていると、友達が「バクは悪い夢を食べてくれる」と教えてくれた。あとになって、悪夢を食べるバクは中国の想像上の動物だと知ったが、私には、あの動物園のバクが食べてくれるのだと信じたい。

さまざまな思いが浮かんでは消えた。いま冬眠しているクマやカエルは夢を見るのだろうか。悪い夢を見るとしたら、バクは忙しいだろうなあ。子グマの夢をのぞいてみたい……などと考えているうちに、再び夢の中へ誘い込まれた。

（一九九八年一月二十七日）

冬のタンポポ

信号待ちをしていて、ふと足もとを見ると、黄色い花が目にはいった。顔を近づけて確かめると、やはりタンポポだ。街路樹の根元近くに一輪。その上を冷たい北風が通りすぎてゆく。

そこへ幼い女の子がやってきた。タンポポをみつけると、素早く手折る。信号が青に変わり、女の子は歩きだした。私も「ああ、なんて残酷なことを」と思いながら続く。後ろからのぞくと、彼女はタンポポを両手に大事そうに包んで見つめている。

うれしそうな表情を見て、私は思い直した。孤独だったタンポポにいい友達ができたのではないか。温かい部屋に入れてもらい、新鮮な水もたっぷりもらうだろう。去ってゆく女の子の背中に手を振った。

（一九九八年二月六日）

タイムカプセル

電車のなかで小学生時代の友達にばったり出会った。お互い気にかけながらのご無沙汰だったので、話はつきない。彼女がふと「あのタイムカプセル、どうなったかなあ」という。そこでハタと思い出した。

ともに少女漫画が好きで、一緒にストーリーを作り、漫画にして楽しんでいたが、ある日、何枚かの絵入りのメッセージを薬ビンに詰め、私の家の庭の隅に埋めた。その後わが家は引っ越したので、庭がどうなったかは知らない。

「未来のいつか、だれかがみつけてくれたら、二十世紀の少女の夢として歴史に残るかもしれないね」などと話しているうちに、彼女の降りる駅に着いた。電車は再び動きだし、私の思い出と一緒にトンネルをひとつくぐった。

（一九九八年二月十六日）

ウグイスの初音

母親に体を揺すられて夢から覚めた。「きいてごらん」といわれ、耳をすますと「ホーホケキョ」というウグイスの鳴き声がする。いつもより一時間も早いのに、たちまち眠気が吹き飛んだ。

朝が弱い私を起こすのを仕事の一つとみなしている母は、利用できるものなら何でも利用する。新聞に珍しい話がのっていれば、新聞紙をガサガサさせながら「ほらほら」といって起こす。「眠い……」と不満をいうと、「すこしでも早く知ってもらいたいから」という。ウグイスの声をきくと、いい材料ができたとばかり、娘の部屋にとんできたのだ。

わが家の庭先には紅梅と白梅の二本の梅の木があるが、ウグイスがくるのは珍しい。何かいいことが起こるような気がして、私は何度も深呼吸をした。

（一九九八年二月二十六日）

ベレー帽

昔のアルバムをながめているうちに笑いがこみあげてきた。幼いころの私はベレー帽をかぶっていることが多い。人見知りが激しく、あまり人に可愛いといわれなかったのに、なぜかベレー帽をつけると「可愛いわねえ」といわれ、ベレーが大好きになってしまったのだ。

高校生のころには、映画『哀愁』のヒロインを演じたヴィヴィアン・リーのベレー帽姿に魅せられた。おしゃれのアイテムとしてさっそく復活させ、学生時代はずいぶん愛用したが、就職してからはスーツばかり着て、ベレーのことはほとんど忘れていた。

ひさしぶりに黒いフェルトのベレー帽を取り出してみる。コートを脱ぎ、代わりにベレーをかぶって、出かけてみようかと思う。

（一九九八年三月四日）

四つ葉のクローバー

堀辰雄の『風立ちぬ』を久しぶりに読み直そうとページをめくっていたら、なにかがハラリと落ちた。四つ葉のクローバーだった。茶色に変色していて、さわればくずれてしまいそうだが、それでも四つの葉をちゃんととどめている。

そういえば、むかし四つ葉のクローバーさがしに夢中になっていたことがある。公園でさがしはじめ、気づいたら夕方になっていたこともあった。簡単にみつからないから、摘み取ったときの喜びは格別だった。家に持ち帰ると押し葉にして友だちにプレゼントしたりした。

「風立ちぬ。いざ生きめやも……」。堀辰雄の小説に四つ葉のクローバーをはさむなんていかにも少女っぽいな、と思いながら、それでも大事に元のページに戻した。

（一九九八年三月十九日）

ゴンベイ

勤めから帰宅した兄がうれしそうに一枚の写真を取り出した。「あっ、名無しのゴンベイだ」と思わず声が出た。

ゴンベイは雑種の雄犬だ。美術館で事務の仕事をしている兄が、その敷地に迷い犬がいると聞き、出会ったのが昨年の暮れ。不安そうに見上げる目と目が合ってしまい、とうとう家に連れてきた。ゴンベイは私たちにたちまちなついた。そろそろ名前をつけて正式に家族の一員にしようかというとき、兄の知人が犬を亡くして寂しがっているからと養子縁組の話がもちあがり、名無しのゴンベイのままもらわれていった。

その縁組先から「こんなに元気になりました」という手紙とともに届いた写真。新しい名前をもらって幸せそうだが、私にはいまもゴンベイのままだ。

（一九九八年三月二十八日）

同期会

十年前に就職したころ、「十年すぎたら、どうなるだろう」とふと思ったりしたが、その十年目の今年、女ばかり五人の同期会が開かれることになり、私も顔を出した。

十年もたてば半分は既婚者で、夜は無理だという。そこでホテルでランチをとりながらおしゃべりを、ということになった。「ぜったい結婚なんか……」といっていた人がとくとくと子供自慢をする。そうかといえば、電撃的に結婚した人が、その後電撃的に離婚していたことを知ったりした。私といえば「いちばん先にお嫁に行きそう」といわれたのに、再就職して仕事を続けている。

あっというまに一時間がすぎ、私たちは別れた。頭のなかには「幸せとは何だろう」という問いが渦巻いていた。

（一九九八年四月三日）

ハミング

なにもかもタイミングよく進むときがあるものだ。先日もそうだった。予定より早く仕事にケリがついて早めに退社、乗り継ぎもうまくいって、駅に降り立ったときはまだ黄昏どきだった。日が長くなったとはいえ、暗くならないうちに帰れるなんて久しぶりだ。

家に向かって川辺の道を歩く。前をゆっくり歩いている中年の男性にたちまち追いついた。追い抜こうと近づいて気がついた。彼は気分よくハミングしている。「窓は夜露に濡れて……」。『北帰行』のようだ。

気持ちのいい春の宵。なにも急ぐことはないと、私はペースを落とした。前の男性は次の曲がり角を曲がっていった。一人になると私も自然に『北帰行』をハミングしていた。

（一九九八年四月九日）

ポッポのおそうじ

いい天気の日曜日、いつもの駅で乗った電車はガランとしていた。ノンビリと座席に座り、あたりをながめて、思わず目をそむけた。ドアの近くの床にスナック菓子が無残に散らばっている。いったいだれがこんなことを……。

だが電車が次の駅に停車したとき、思いがけないことが起こった。鳩が電車に乗ってきて、菓子をついばみ始めたのだ。あとからもう一羽、また一羽と続く。そのうちドアは閉まり電車は発車。でも鳩たちはせっせとついばみ続ける。すっかりきれいにすると、二つ先の駅で何くわぬ顔で飛び立っていった。

あっけにとられ、ふと斜め向こうを見ると、同じように唖然としている女性と目が合った。ともあれ、うっとうしい気分は鳩のおかげで幾分は和らいだ。

（一九九八年四月二十二日）

ささやかな奇跡

ある人のことを考えていると、雑踏の中で、その人が向こうから歩いてくるのに出会ったりすることがある。こういう偶然な出来事を私は小さな奇跡と呼んで大事にしている。先日一人で立ち寄った喫茶店で注文したチョコレートケーキも、ごくごくささやかな奇跡だった。

まず、運ばれてきたケーキには、私の大好きなクルミが乗っていた。思わずニッコリして独特の香ばしさとチョコレートの甘みを楽しむ。紅茶をすすっているうちに、これまで眠っていた五感がよみがえり、店内に流れる音楽が耳に入ってきた。なんと、これまた大好きなチャイコフスキーの『くるみ割り人形』だ。

曲が終わったときには、時計は午後一時をまわっていた。「しまった」とは思ったが、気分は浮き浮きしていた。

（一九九八年五月八日）

イチゴつみ

母の日の日曜日、母といっしょに母の母、つまり祖母のお墓参りに出かけた。青葉と土の香りをたっぷり含んだ風がそよぐなかで手を合わせていると、幼いころになくした祖母の面影がよみがえってくる。目をあけると墓石の上にテントウ虫がとまって、じっとしていた。

ひさしぶりに母の実家に立ち寄ると、伯父がイチゴ畑に連れていってくれた。故郷の空気を吸ったせいか、母はまるで少女に戻ったようだ。私も負けじと日よけ帽をかぶり、二人でせっせとイチゴをつんだ。ときどき口に入れると、新鮮な甘みがひろがった。

イチゴでいっぱいのカゴを抱えて歩くと優しい気分に包まれた。そういえばイチゴの漢字「苺」にはお母さんがいるのだな、などと歩きながら思った。

（一九九八年五月十八日）

白いブラウス

毎年、夏が近づくと白のブラウスを一枚買う。光きらめく新緑のすがすがしさに自分の気分を合わせるのには、真新しい白いブラウスを着るのがいちばんなのだ。高価なものではなく、できるだけシンプルなものを選ぶ。それでも季節がひとつ過ぎたら、だいたい着られなくなってしまう。

買ったばかりの白いブラウスを初めて着た日は、気持ちまで素直になれる。お化粧もしぜんにひかえめになる。たとえイヤなことに出くわしても、あたかも白いブラウスをよごさないよう身のこなしに気をつけるみたいに、サラッとかわせるような気さえする。

今年の白いブラウスは、えりでリボン結びをするものを選んだ。さわやかな風にリボンをなびかせて歩けるように。

（一九九八年五月二十六日）

駅のツバメ

通勤に利用している駅の構内に、ツバメが巣をつくった。改札を出たところにある電光掲示板の上の隅っこで、落ちないように上手にこしらえてある。

巣には夫婦が住みついていて、小さなえんび服が二つ見えた。一羽がシュッとばかりに飛び出してゆくと、残った一羽はさも不安そうに飛び去った方を見つめている。先の一羽が戻ってくると、二羽でうれしそうに寄り添い、ささやき合っていた。

先日、いつものように巣を見上げると、巣のなかに口を顔いっぱいに広げてさえずっているヒナたちが並んでいるのでびっくりした。シュッと親鳥が帰ってきて、それぞれの口にエサを与えてゆく。真剣な子育てぶりに、しばらく見とれていた。

（一九九八年六月三日）

キャンデー

キャンデーを食べるときは、かみくだいて、口いっぱい甘みを散りばめて味わうのが好きだった。アニメ映画『火垂るの墓』（ほたるのはか）をみるまでは……。

あの映画には、少女がお兄ちゃんから口にほうり込んでもらったドロップをあやまって飲み込みそうになり、びっくりするシーンがある。缶を振るとドロップの転がる音が「ガラガラ」から「コロコロ」へ変わってゆき、しまいに「コロン……」と小さくなってしまうのが悲しかった。まるで兄妹の希望が消えてなくなってゆくみたいに。

ホタルの季節を迎えると、あの映画のシーンが頭に浮かぶ。そっとキャンデーを口にほうり込み、ゆっくりと転がしていると、平和であることのありがたさに涙がこぼれそうになる。

（一九九八年六月十日）

雨のなかの風鈴

今年の梅雨はなぜか週末ごとに雨を降らす。「意地悪だなあ」と思うが、アジサイの花の移ろいを楽しむにはかえって都合がいい。田んぼではカエルが元気に鳴いている。その声に励まされて、休日を部屋の模様替えに費やした。

タンスを動かし、位置を変えたベッドに仰向けになって一休みすると、窓の眺めは一変している。ますますやる気が出て引き出しの整理をはじめると、たちまちガラクタの山ができた。物持ちのいいのにわれながらあきれ、みんな捨てようと思ったとたん、チリンと音をたてて風鈴が一つ出てきた。

何かの景品でもらったものだろうが、振るとなかなかいい音がする。さっそく窓辺に吊った。風鈴は夕暮れ、雨のなかで澄んだ音をたてた。

（一九九八年六月二十四日）

夏の手袋

知人から素敵なプレゼントが届いた。夏の日よけ用手袋だ。すこし前デパートで見かけ、「いいなあ」と思ったが、結局買わなかった。そういうこちらの気持ちに沿ったタイミングの良さに驚いてしまう。紫外線カットの布地で色は淡い水色。ながめているだけで涼しくなる。

昔の貴婦人は水遊びをするときも、手を守るために手袋をしていたと、どこかできいたことがある。ルノワールの絵の婦人像なども目に浮かぶ。でも、じっさいには、身につける機会はなかなかめぐってこない。通勤や買い物のときに手袋をするのは、気取っているようにみられるかもしれない。

いつか勇気を出して日常から飛び出すつもりで……と思いながら、お気に入りの香水を吹きかけて、しまってある。

（一九九八年七月二十二日）

ラベンダー

私の部屋にライターがあるのをみた友人から、「たばこ、始めたの?」などときかれることがある。私のライターはお香をたくためのものだ。お香はその香りはもちろん、燃えつきるまでのすべてが気に入っている。火をともすときは何かしら神聖な気持ちになれるし、だんだん燃え移ってゆく経過の中に、普段とはちがう時間の流れを感じる。

就寝前は、安眠を促すといわれるラベンダーの香りをたく。ほのかな香りに包まれてベッドにもぐりこむと、北海道旅行のときに立ち寄った富良野のラベンダー畑を思い出す。

目を閉じて紫のじゅうたんを感じると、自分も一本のラベンダーになったような気分になり、風に揺れているうちに眠りにつく。

(一九九八年八月五日)

セミの声

うだるような暑さのなかをセミの声が聞こえる。これが聞こえだしたら、思い出すのは学生時代最後の夏のゼミ合宿だ。

私たちは山の宿坊で卒論の作成に打ち込んでいた。バブル真っただ中の女子大生だったが、あのときばかりは浮ついた雰囲気など見当たらなかった。しかし、なんともうるさいのがセミしぐれだった。イライラしたあげく、構想がなかなかまとまらないのを、みんなでセミのせいにしたものだった。

あのセミしぐれもいまは妙に懐かしい。そして、セミしぐれのなか、一心不乱に机に向かっていた若い自分の姿もまた懐かしい。セミの声を聞いていると、不思議なことに、「もっと勉強しなくては」といった気分になったりする。

（一九九八年八月二十一日）

盲導犬

会社帰りの電車の中で盲導犬を連れた女性を見かけた。女性は静かに座席に座り、犬はその足元に小さくうずくまっていた。

車内はしだいに込んできた。ある駅で停車すると、どっと人が乗り込んできて、前に押し出された男性の足が犬の鼻先をけってしまった。私は思わず「あっ」と声をあげそうになった。しかし、何も起こらなかった。男性はそのまま倒れるように向かいの座席に座った。犬は少しも動じず、心配そうな様子で男性の方をみつめている。その視線を追ってゆきながら、男性の足が不自由なことにようやく私も気づいた。

女性は静かに犬の頭を撫でてやり、犬は首を上げてうれしそうにこたえる。車内は温かい気分が充満した。


（一九九八年八月二十八日）

コスモス

子供のころからコスモスにひかれていた。母に手を引かれて歩いていて、道端に咲くコスモスの花に思わず手を触れ、「優しそうな花だね」というと、「見かけは優しそうだけど、この花は強いのよ」と母はいった。

雨にも風にもか細い全身で打たれながら、根元はしっかりとふんばって、たとえ踏みつけられても、折れ曲がりながらもちこたえる。そして秋晴れの空の下で何食わぬ顔をして咲いているのだ、と。コスモスが秋桜ともいうのだと教えてもらったのも、確かこのときだったと思う。

秋の訪れを告げるように、今年もあちこちでコスモスが咲き出した。風に揺れるコスモスを見かけると、いつも「あの花のように生きてゆこう」と思う。

（一九九八年九月十六日）

月に帰る

今年の中秋の名月は、うっとりするほど美しかった。そんな月をながめているうちに、川端康成『現代語訳・竹取物語』を思いだし、文庫本を取り出して再読した。流れるような美しい言葉が織りなすファンタジー。名月の夜に読むと、いっそう謎が深まるような気がした。

かぐや姫の昇天は何を意味しているのか。作者自身は「この世に失望した人の昇天である。が、失望はしたが、しかも尚それを捨て切れないものの悲しい昇天なのである」と解き、こう続ける。「如何に高い清純さのためとは云え、やはり現実を軽蔑した者の淋しさは受けなければならない」

川端康成もまた月に帰った一人だったのではないか。そう思うと、月がいっそう輝きを増したように思えた。

（一九九八年十月十三日）

辞表

社会人になって十年、払いきれないチリがいつの間にか山と積もっているのを知ったのは最近のことだ。崩すには大きすぎる。そうなると、当たり前に存在するいくばくかの理不尽をかわして生きてゆく気迫が薄れてくる。

こうしてある日、机に向かった。「辞」「表」と思いをこめながら書く。そしてハタと気づいた。「舌の辛いことを表す」とは、なんといまの私にピッタリなフレーズだろう。

そのとき電話のベルが鳴り、久しぶりの友人の声が「どうしてる?」と聞く。「辞表書いてたの」と答えるや、「あ、私も書いて持ってる」と笑った。こちらも糸が切れたように笑いがこみあげた。初めて書いた辞表は、お守りのようにバッグの中にしのばせてある。

(一九九八年十月二十日)

夜のタクシー

雨が降り出した夜ふけの街。あわて気味でタクシーを止め、ハンカチで肩を払いながら家までの道を告げると、「はい」という返事とともに、白い手袋のか細い手が後ろ向きに差し出され、ティッシュを渡された。女性だった。束ねた長い髪がくるりと前に向き直って、車は発進した。

女性のタクシードライバーの話はよくきくけれど、実際に乗り合わせたのは初めてだ。しかもこんなときに同性とは、なんて運がいいのだろう。夜おそくタクシーに乗るときは、正直いってどこか身構えてしまう。でも今夜は安心だ。

その夜は、家までうとうとしながら過ごした。「ありがとう」のあいさつをかわして車を降りると、雨の中へッドライトが遠のいてゆくのを見送った。

（一九九八年十一月十二日）

なぜ？

「なにか食べられないもの、ありますか？」。初めての人と食事をするとき、よくきかれるが、いつも「何でも食べます」と答える。これが私の唯一のとりえかもしれない。

少女期の私は好き嫌いが人一倍激しかった。三日にあげず病院通い。肉、トマト、そして牛乳が苦手だった。その好き嫌いがいつのまにか消え、それなりに健康になったのはどうしてだろう。思えばあの頃の私は病弱なことに「なぜ？」と理由を求めたりはしなかった。ひたすら健康になりたいと願った。それを何かの存在が聞き届けてくれたのだろうか。

今はつらいことがあると、真っ先に「なぜ？」と問いかけ、かえって悩みを大きくさせてしまうことが多い。むかしのあの純粋さがなつかしい。

（一九九八年十一月二十五日）

つるし柿

帰宅して自室に入ったら、窓越しになにやら影が揺らいでいる。レースのカーテンをひいてみたら、つるし柿が八筋下がっている。母に確かめると、「だってこの部屋がいちばん日当たりがいいんだもの」といって笑った。

つるし柿は伯母の思い出と結びついている。伯母は毎年せっせとつるし柿をつくって送ってくれたが、私が大学生のころに亡くなった。以来わが家ではつるし柿を味わったことがない。だれよりも母が、優しかった姉を思って、あの甘みをかみしめるのがつらかったのだと思う。

その母にこの秋、ようやくつるし柿をつくる気にさせたのは、やはり過ぎ去った歳月だろう。今年の冬は、つるし柿を食べながら、伯母の思い出話に花が咲くことになりそうだ。

（一九九八年十二月八日）

サンタは実在する？

評判のユーミンのベスト盤を買ったので、今年の私のクリスマスソングはひさしぶりに『恋人がサンタクロース』となった。この歌はローティーンぐらいと思われる女の子が、かつて隣のおしゃれなおねえさんが話してくれたことを思い出す、という内容だ。

ローティーンともなれば、サンタクロース実在説など誰も信じない。「サンタなんて絵本のなかだけのおはなしよ」という彼女に、おねえさんはウインクして「サンタはやってくる。おとなになればあなたにもわかる」と語りかける。サンタは本当にやってきて、おねえさんを遠い町に連れていってしまう。

サンタはやっぱり実在する？　おとなになっても、歌のなかのおねえさんみたいには確信がもてないままでいる。

（一九九八年十二月二十二日）

仰げば尊し

小学校時代の先生と二十年ぶりに再会した。当時の友達と会うと、いつも先生のことが話題になる。「もう引退しておられるはずだけど、思い切ってお誘いしてみようか」ということになったのである。

話は大いにはずんだ。教え子は数え切れないほどいるのに、先生が一人一人のことを、じつによく覚えておられるのにはびっくりした。当時私たちは優しく、さっそうとした先生に、ただあこがれるだけだったが、「主婦業と両立させるのに苦労もあったのよ」といった話もしていただいた。これには最近結婚した友達は大いに勇気づけられたようだった。

別れの握手は温かかった。姿勢のいい後ろ姿を見送りながら、先生の口ぐせ「背筋をのばして！」を思い出した。

（一九九九年一月二十五日）

花を生ける

仕事がたて込んでイライラするようなとき、私はひとまず仕事のことは忘れて花を生けることにしている。帰宅の途中に花屋さんに寄り、もちろん財布と相談しなければならないが、好きな花を買ってくる。

花を生ける魅力は、春の空気を肌に触れたり、夏の日差しを浴びたり、秋の気配を感じたり、いながらにして心が野を駆ける自由を味わえることだろう。学生のときに習っただけで、今となっては我流にひとしいけれど、私なりに花の命をできるだけ生かしたいと思う。冬は暖房の風向きに気をつければ、けっこう長持ちしてくれる。

目覚めたとき、水を注ぎながら「おはよう」と声をかけると、こちらも活力がわいてくるような気分になる。

（一九九九年二月十日）

夜のギター

夜更けての帰り、駅の改札を出て橋を渡ったところで、ときどき少年アーティストたちに出会う。二、三カ月前、初めて見かけたときは少年が二人、地ベタリアンをしてギターを弾き語りしていた。最近は四、五人の少年少女がすわりこんでまわりを囲み、じっときいている。

立ち止まって、きくとはなしにきいていると、ギターの音が冬の星空へ吸い上げられるように響いて、どこかしらもの哀しい。ミナミのアメリカ村あたりならいざしらず、こんな田舎の駅の端っこで歌おうというのは、かならずしも目立ちたいだけではないだろう。なにか青春の思いのぶつけ場所を探しているようでもある。

寒空の下、カゼなどひかないでねとひそかに願いながら通りすぎる。

（一九九九年二月二十二日）

物忘れ

考えごとをしながら歩いていて、なにかにつまずいた。おっとっと……。つんのめりそうになるところを、なんとかもちこたえ、あたりを見回す。誰かに見られた様子はない。ホッとはしたが、「あれ？」。さっきまでの考えごとを忘れてしまっている。

すぐに思い出したものの、今度はこういう物忘れも「老人力がついてきた」というのだろうかと気になりだした。老人力を説く赤瀬川原平さんの本を読むと、物忘れも楽しいものだと思えてくる。でも私に老人力がつくのはもう少し先のことだと思っていたんだけど……。

またつまずいたら大変と、私は近くの公園のベンチに腰かけた。とりあえず春めいた日だまりで、のんびりしてみたくなったのだ。

（一九九九年三月九日）

私を思い出して

桜の花が今にも咲き出しそうになると、期待と不安でいつも胸がはちきれそうになる。満開の桜の下に早く行きたいと思う一方で、天候のことが気にかかり、「春の長雨で桜の花を台無しにしないでください」と何かに祈りたくなる。

満開を前にした雨の日に、手持ちの花言葉の本を取り出した。同じ桜でも、色や種類によって意味がちがうのは意外だった。白は「気まぐれ」、淡紅なら「永遠の愛」とある。おなじみのソメイヨシノは「精神美」、山桜は「気高さ」。そして、しだれ桜は「私を思い出して」。そう知ると、かわいらしいしだれ桜が無性にながめたくなった。

ふと思いたち、桜湯を入れてみた。塩漬けにした桜の花びらからしみ出した塩辛さがおいしかった。

（一九九九年三月三十日）

幸福の木

植木店の前を通ったら、ひときわ青々とみずみずしい葉をつけた鉢に目がとまった。「マッサン（別名・幸福の木）」とあり、一目惚れで買って帰った。

早速、玄関脇に飾って悦に入る。太くまっすぐな幹から、スッとのびやかに長い葉を茂らせた姿は、実に快い。それにしても、なぜ『幸福の木』と呼ぶのか、いわれは知らないけれど、なんだか幸福な気分になってくる。

そうか！と思いついて目に入るものみんなに「幸福の……」と名付けて心で呼びかけてみた。幸福のドア、幸福の窓、幸福の机、幸福の椅子、幸福の時計……。きりのない言葉遊びをするうちに、いっぱいの幸福に囲まれていることに気づいて、満ち足りた心地になった。

幸福の木に水をあげながら「ありがとう」とささやいた。

（一九九九年四月二十二日）

〈著者紹介〉
高見純代（たかみ すみよ）
1966年生まれ。大阪府出身。大谷女子大学 文学部 国文学科 卒業。SONYのショールームアテンダントを経て、1993年 産経新聞社 入社。役員秘書を7年務める。在職中に、夕刊の1面にエッセイを執筆。退職後、乳癌、子宮癌と闘病し克服。童話、詩、絵なども創作。華道家（嵯峨御流 正教授）。作家。
著書【愛の三部作】
私小説『薔薇のノクターン』（幻冬舎）
『愛 It begins quietly as intense love.』（幻冬舎）
『追憶の光』（幻冬舎）

しあわせ白書《はくしょ》
人生《じんせい》を豊《ゆた》かにする39のセオリー

2021年4月26日　第1刷発行

著　者　高見純代
発行人　久保田貴幸

発行元　株式会社 幻冬舎メディアコンサルティング
〒151-0051　東京都渋谷区千駄ヶ谷4-9-7
電話　03-5411-6440（編集）

発売元　株式会社 幻冬舎
〒151-0051　東京都渋谷区千駄ヶ谷4-9-7
電話　03-5411-6222（営業）

印刷･製本　中央精版印刷株式会社
装　丁　荒木香樹

検印廃止

ISBN 978-4-344-93406-1 C0095
幻冬舎メディアコンサルティングHP
http://www.gentosha-mc.com/